IQ《アイキュー》探偵《たんてい》ムー

春《はる》の暗号《あんごう》

作《さく》◎深沢《ふかざわ》美潮《みしお》　画《が》◎山田《やまだ》J太《じぇいた》

ポプラ社

宛名はなく、その代わりに「門外不出」と、黒々、墨で書いてあった。

その字は忘れもしない、祖父、信士の字だ。

祖母の絹江はうれしそうに笑った。

「おじいちゃんの書斎を掃除していたらね、壁と机の隙間にはさんであったの」

（「春の暗号」より）

深沢美潮《ふかざわみしお》

武蔵野《むさしの》美術《びじゅつ》大学《だいがく》造形《ぞうけい》学科《がっか》卒《そつ》。コピーライターを経《へ》て作《さっ》家《か》になる。著作《ちょさく》は、『フォーチュン・クエスト』、『デュアン・サーク』（電撃文庫《でんげきぶんこ》）、『菜子《なこ》の冒険《ぼうけん》』（富士見《ふじみ》ミステリー文庫）、『サマースクールデイズ』（ピュアフル文庫）など。ＳＦ作家《さっか》クラブ会員《かいいん》。みずがめ座《ざ》。動物《どうぶつ》が大《だい》好《す》き。好《す》きな言葉《ことば》は「今《いま》からでもおそくない！」。

山田Ｊ太《やまだじぇいた》

１／26生《う》まれのみずがめ座《ざ》。Ｏ型《がた》。漫画家《まんがか》兼《けん》イラスト描《か》き。『マジナ!』（企画《きかく》・原案《げんあん》EDEN'S NOTE／アスキー・メディアワークス「コミックシルフ」)、『ぎふと』（芳文社《ほうぶんしゃ》「コミックエール!」）連載中《れんさいちゅう》。１巻発売《かんはつばい》の頃《ころ》やって来《き》た猫《ねこ》は、3才《さい》になりました（人間《にんげん》で言《い》うと28才《さい》）。

★目《もく》次《じ》

★登《とう》場《じょう》人《じん》物《ぶつ》紹《しょう》介《かい》●●●

杉下元《すぎしたげん》

小学五年生《しょうがくごねんせい》。好奇心旺盛《こうきしんおうせい》で、推理小説《すいりしょうせつ》や冒険《ぼうけん》ものが大好《だいす》きな少年《しょうねん》。ただ、幽霊《ゆうれい》やお化《ば》けには弱《よわ》い。夢羽《むう》の隣《となり》の席《せき》。

茜崎夢羽《あかねざきむう》

小学五年生《しょうがくごねんせい》。ある春《はる》の日《ひ》に、元《げん》と瑠香《るか》のクラス五年一組《ごねんいちくみ》に転校《てんこう》してきた美少女《びしょうじょ》。頭《あたま》も良《よ》く常《つね》に冷静沈着《れいせいちんちゃく》。

加藤道也《かとうみちや》

教育実習生《きょういくじっしゅうせい》。

拓斗《たくと》、未来《みく》

楓陽館《ふうようかん》の生徒《せいと》。

ラムセス

夢羽《むう》といっしょに暮《く》らすサーバル・キャット。

小林聖二《こばやしせいじ》

五年一組《ごねんいちくみ》の生徒《せいと》。
クラス一頭《いちあたま》がいい。

大木登《おおきのぼる》

五年一組《ごねんいちくみ》の生《せい》
徒《と》。食《く》いしん坊《ぼう》。

河田一雄《かわだかずお》、島田実《しまだみのる》、山田一《やまだはじめ》

五年一組《ごねんいちくみ》の生徒《せいと》。「バカ田《ダ》トリオ」と
呼《よ》ばれている。

江口瑠香《えぐちるか》

小学五年生《しょうがくごねんせい》。元《げん》とは保育《ほいく》
園《えん》の頃《ころ》からの幼《おさな》なじみの
少女《しょうじょ》。すなおで正義感《せいぎかん》も
強《つよ》い。活発《かっぱつ》で人気《にんき》がある。

小日向徹《こひなたとおる》

五年一組《ごねんいちくみ》の担任《たんにん》。
あだ名《な》はプー先生《せんせい》。

絹江《きぬえ》、春江《はるえ》、亜紀《あき》

元《げん》の祖母《そぼ》、母《はは》、妹《いもうと》。

銀杏《いちょう》が丘《おか》市《し》
MAP
桜坂公園
農業高校
桜並木
吉野湯
自動車工場
並浪川
楓陽館
久美の家
公営プール
咲間川
第二小
第二中
喫茶ナイアガラ
警察署
国道
カムパネルラ商会

裏山
島田の家
五部林公園
愛子が淵
和野戸神社
瑠香の家
夢羽の家
元の家
第一中
エリーゼ女子大
第一小
寿万寺
あけぼの湯
N
ギンギン商店街
コミュニティ
センター
薬局
銀行
寿湯
図書館
州子稲荷

春《はる》の暗号《あんごう》

「ホーホケキョッ！」

どこかから、ほのぼのとした調子でウグイスの声がする。

「コケッコケッ」

その声に首を伸《の》ばして答えているのは、ニワトリのコッコである。

首をかしげていたかと思うと、前後に動かしながら歩き始めた。

と、そこに元《げん》の妹、亜紀《あき》がかけよった。

「うわぁ！　きれい‼」

コッコは驚《おどろ》いて「コケーッコケー！」とわめきながら逃《に》げた。

ここは元《げん》たちの祖母《そぼ》、絹江《きぬえ》の家である。

春の陽射《ひざ》しをいっぱいに浴びた庭に、ずらりと鉢植《はちう》えのチューリップが並《なら》んでいて、
赤、白、ピンク、黄色、紫《むらさき》、オレンジ色……と、色とりどりの花を咲《さ》かせていた。

「見事に咲きそろったわねぇ！　これだけいろんな色があると、どうかと思ったけど。

花に限《かぎ》っては、どんなに色が混《ま》じったって趣味《しゅみ》が悪くはならないものなのねぇ」

ちょっと変わった感心のしかたをしたのは元《げん》たちの母、春江《はるえ》だ。

彼女《かのじょ》の母である絹江《きぬえ》は笑顔《えがお》で答えた。

「ほんとにねぇ。この植木鉢《うえきばち》がチューリップなのはわかってたけど、こういうふうに並《なら》ぶとなかなかのものねぇ」

陽《ひ》の光に照らされたチューリップの花は、その色鮮《あざ》やかな花弁《かべん》をまだ開き切ることなく、だらしなく重い頭を垂《た》れることもなく、空に向かってすっくと立っている。

その前に立ったのは元《げん》だ。

「さて、約束通り……例のことを調べなくちゃいけないな」

彼《かれ》が言うのを待っていたように、皆《みな》、無言でうなずいた。

約束とは、そして、例のこととは……？　それは今から約一ヶ月ほど前にさかのぼる。

まだまだ寒い日もある三月の頃《ころ》のこと。庭には紅白の梅が咲《さ》いていたが、チューリップはまだ小さな芽しか出していなかった……………。

★門外不出

1

「うひい、さ、寒いぃぃぃ‼」

元《げん》は外に出るなり、薄手《うすで》のジャンパーをかき合わせ、ガチガチと歯を鳴らした。

短めに刈《か》った頭には当然毛糸の帽子《ぼうし》をかぶっているし、黒のジャケットも着ている。

しかし、そんなのでは間に合わない。

ドンドンと小刻《こきざ》みにジャンプもする。

それくらい寒いのだ。

三月といえばもう春といってもいいくらいなのに、こりゃ絶対《ぜったい》にまだ冬だ。しかも、真冬だ！

びゅううううううううぅぅぅ‼


目も開けていられない。

ものすごい強風に、葉っぱやら新聞紙やらゴミやらが、どこかから飛んできて、その辺の電信柱や壁《かべ》に激突《げきとつ》したりへばりついたり。

「うひぃぃぃぃ‼」

元《げん》は何度も同じ悲鳴をあげ、両腕《りょうで》で自分を抱《だ》きしめ、またジャンプした。

「何やってんの？」

小学五年生になる元《げん》には二年生の妹がいる。

その亜紀《あき》がやってきて、元《げん》に言った。

だが、すぐに同じようにぴょんぴょん跳《と》んだ。

「うきゃぁ、さ、さ、さむぅぅ‼」

「あらまぁ、すごい風。春一番かしらねぇ」

最後に現《あらわ》れたのは母親の春江《はるえ》だ。彼女《かのじょ》はベージュのロングコートを着ているからか、

余裕《よゆう》の顔だ。

　黒いバッグを小脇《こわき》にしっかり抱《かか》え、大きな紙袋《かみぶくろ》を足元に置き、玄関《げんかん》の鍵《かぎ》をかけた。

「ママ、この前も言ってたよ、春一番だって！　それに、昨日《きのう》はあんなにあったかかったのにぃぃ」

　ピンク色のダウンジャケットを着て、ぐるぐると白いマフラーを巻《ま》いた亜紀《あき》は、ほとんどスキー場にでも行くような格好《かっこう》だ。

　ちなみに、「春一番」というのは、その年の春最初に吹《ふ》き荒《あ》れる春の嵐《あらし》のことだ。

「毎年のことだけど、ほんとにね。三寒四温《さんかんしおん》とはよく言ったものよ」

「何？　それ」

　亜紀《あき》が聞くと、春江《はるえ》は答えた。

「つまりね。三日寒い日があって、四日暖《あたた》かい日があるっていう……ね。春というと、毎年そうじゃない？　すっごく暖かい日が続いたな、もう春だなって安心させといて、今日《きょう》みたいな寒い冬に舞《ま》いもどったり。だから、油断《ゆだん》しちゃいけないの。こういう時にひいた風邪《かぜ》は治りが悪いんだからね」

「ふううん……」

わかったようなわからないような顔。

「せめて風がなければ体感温度、だいぶ違《ちが》うのにねぇ」

春江《はるえ》は亜紀《あき》のマフラーを巻《ま》き直してやった後、顔をくしゅっとしかめて、暗い空を恨《うら》めしげににらんだ。

近くの並木《なみき》が春風に吹《ふ》かれ、ゴウゴウと音をたてている。

いくらにらんでも風が弱まるはずもない。彼女《かのじょ》は兄妹を追い立てるように言った。

「さ、行くわよ。バスが行っちゃう」

今日は元《げん》と亜紀《あき》も連れて、隣町《となりまち》に住む春江《はるえ》の母……つまり、元《げん》や亜紀《あき》のおばあちゃん……絹江《きぬえ》の家へ行くことになっている。

ここからだと、バスで隣町《となりまち》まで行くのが一番簡単《かんたん》なルートである。

もうちょっと暖《あたた》かな日だったら、自転車で行くのもありなのだが、さすがに今日《きょう》はつらい。

「元《げん》！　荷物持って！」

ぐいと紙袋《かみぶくろ》が前に突《つ》き出される。

しぶしぶ持ってみて驚《おどろ》いた。ものすごく重い。

「な、何が入ってんだよ？」

こんなに重いものを、今、春江《はるえ》はたしかに片手《かたて》で持って突き出した！

そんな怪力《かいりき》があるのなら、ぜひ自分で持っていただきたいものだ。

だが、彼女《かのじょ》は涼《すず》しい顔で言った。

「パン焼き器よ」

「パン焼き器⁉　えええ――⁉　おばあちゃんに、うちのあげちゃうのぉ⁇」

亜紀《あき》が悲鳴のような声をあげた。

「そうよ。だってうちにあったって、結局、使わないんだもん」

春江《はるえ》はそう言いながらも、大股《おおまた》でさっさか歩いていく。

「えー、やだやだやだぁ、メロンパン作ってくれるって言ってたのにぃ」

風に挑戦《ちようせん》するように上体を斜《なな》めに前倒《まえだお》しにし、ずんずん歩いていく春江《はるえ》を亜紀《あき》が追いかけていく。

元《げん》はもちろん、最後だ。

マジに重い……。

ちぇ、なんだよ、なんだよ。

だから、こんなのいらないって思ったのになぁぁ。

元《げん》はこのパン焼き器のことをよーく覚えていた。

2

去年のことだ。クレジットカードのポイントと引き替《か》えに、カタログが送られてきた。

そのカタログに出ている商品なら、なんでも取り寄《よ》せられると聞いて、元《げん》たちは目の色を変えた。

元《げん》は天体望遠鏡がほしかった。

それがダメなら、ルームランナーがほしかった。それだったら、みんな使えるからいいだろうと提案《ていあん》した。日頃《ひごろ》、ダイエットだダイエットだと言いながら、大福を食べている春江《はるえ》なんか、絶対賛成《ぜったいさんせい》してくれると思っていた。

亜紀《あき》は、かわいいペンダントのセットがほしいと春江《はるえ》にねだった。

それはペンダントトップが五種類もあって、たしかに春江《はるえ》にも使えるようななかなかおしゃれなものだった。

まさかそんなものに決めないだろうなと思いつつ、元《げん》は気が気ではなかった。

父の英助《えいすけ》がゴルフクラブにすると言ったが、すかさず却下《きゃっか》され、ふてくされてソファーで新聞を読み始めたこともよく覚えている。

まだまだ有効期限《ゆうこうきげん》は先だからと、春江《はるえ》はなかなか決めなかった。

亜紀《あき》はすぐに飽《あ》きて、カタログのことなど忘《わす》れてしまったが、元《げん》は違《ちが》う。

雑誌《ざっし》代わりに、毎日カタログを見て、あーだこーだ選んでは迷《まよ》っていた。

季節のフルーツをお届《とど》けするという商品もあった。冬ならリンゴ、ミカン、春はイチゴや桃《もも》、夏はスイカやメロン、秋は柿《かき》、梨《なし》……。

それが適量《てきりょう》、年に四回送られてくるというのだ。

それもなかなか魅力的《みりょくてき》ではないか。

果物《くだもの》なら、みんな好きだし。文句《もんく》もないだろう。

だというのに、ある日、このパン焼き器がドーンと届いたのだった。

結局は春江《はるえ》が勝手にこれに決定し、誰《だれ》の了承《りょうしょう》も得ず、さっさと注文してしまったというわけだ。だったら、

「元《げん》や亜紀《あき》だったら、どれがいい？」

なんて聞かないでほしい。

あまりのことに、元《げん》は涙《なみだ》まで出てしまった。

その上、春江《はるえ》にそれを見とがめられ、

「ばっかねぇ。なに、泣いてんのよ！」

と、笑われたんだから、これ以上の屈辱《くつじょく》はない。

だからこそ、このパン焼き器には並々《なみなみ》ならぬ恨《うら》みがあったのだが……。

なのに、なんだ！

最初のうちこそ、やれニンジンパンだ、食パンだ、胚芽《はいが》パンだとうれしそうに作っていたが、二週間もしないうちに飽《あ》きてしまったようで。

後はずっと台所の棚《たな》の奥《おく》に追いやられ、無用の長物と成り下がってしまった。

それで、今日《きょう》はおばあちゃんちに行き、このパン焼き器を譲《ゆず》るというのだろう。

まったくもって、女というのは！

はぁ、それにしても重い……。

重いし、寒い。

手もかじかんで、重い紙袋《かみぶくろ》を下げていると、指先がちぎれそうに思えてくる。

「ほら、元《げん》！　早く‼　バス、行っちゃうわよ。これ、逃《のが》したら、二十分待たなくちゃいけないんだからね」

春江《はるえ》の容赦《ようしゃ》ない声が強風のなか、飛んでくる。

くそおぉ。

オレは絶対《ぜったい》に今日《きょう》のこの日を忘《わす》れないぞ。

ますますパン焼き器に嫌《いや》な思い出を作ってしまった元《げん》。幸い、バスには間に合った。祖母《そぼ》の家のすぐ近くにあるバス停まで、膝《ひざ》の上にパン焼き器の入った紙袋《かみぶくろ》を置いて、こっくりこっくり居眠《いねむ》りをしてしまった。

寒い外から、急に暖《あたた》かなバスのなかに入ったせいかもしれない。

「ほら、元《げん》！　降《お》りるわよ」

いきなり春江《はるえ》に言われ、元《げん》は座席《ざせき》から飛び上がるほど驚《おどろ》いた。

本当に一秒くらいにしか感じなかったからだ。

しかも、もっと驚いたことが待っていた。

バス停まで祖母《そぼ》の絹江《きぬえ》が迎《むか》えにきてくれていたのだが、彼女《かのじょ》といっしょに歩いている時、茜崎夢羽《あかねざきむう》にバッタリ会ったからだ。

「あ、夢羽《むう》ちゃんだ‼」

夢羽《むう》の大ファンである亜紀《あき》は目ざとく彼女を見つけ、大喜びで走っていった。

彼女《かのじょ》は白いジャケットを無造作《むぞうさ》にはおり、黒いジーンズに黒いタートルネックのシャツというシンプルビューティな格好《かっこう》。斜《なな》めがけにしたバッグだけがまっ赤《か》で、そこがまたカッコイイ。

ボサボサの髪《かみ》が春風にあおられている様《さま》が、これまたよく似合《にあ》う。

まるで風の妖精《ようせい》のようだ。

「まぁまぁ、きれいな女の子ねぇ。この人が噂《うわさ》の夢羽《むう》ちゃん？」

絹江《きぬえ》がそう聞くと、夢羽《むう》は恥《は》ずかしそうに首をかしげた後、小さくおじぎした。

「こんにちは」

「夢羽《むう》ちゃん、どうしたの？　こんなとこで」

亜紀《あき》が聞くと、夢羽《むう》は寒そうに肩《かた》をすくませながら答えた。

「塔子《とうこ》さんに頼《たの》まれて、お使い」

すると、春江《はるえ》が大げさに言った。

「あらま、偉《えら》いわねぇ。元《げん》もねぇ、さっさとそれくらいやってくれればいいんだけど」

な、な、何を言っておるんだ、あんたは。

じゃあ、この重い重い紙袋《かみぶくろ》はいったいなんですかってんだ!!

元《げん》が顔をまっ赤《か》にしていると、夢羽《むう》はクスッと笑った。

「元《げん》……学校ではよく気がつくし、みんなの世話をよくしてくれますよ」

この一言で、元《げん》はゆでだこのように、さらにまっ赤になってしまった。

「ほんとにぃ？　だったらいいけどね」

春江《はるえ》は大いに疑《うたが》わしそうに笑った。

「ほほほ、元《げん》はおじいちゃんに似《に》て、優《やさ》しい子だよ。ささ、こんな寒いところで立ち話してるのもなんだし。夢羽《むう》ちゃん、もし時間があるならいっしょにどう？　少し温かいものでも飲んで行きなさい。寒そうよ、すごく」

絹江《きぬえ》にそう言われ、夢羽《むう》はこっくりうなずいた。

元《げん》は赤い顔のままうれしくって、しかたなかった。

しかし、しかし、それにしても女ばかりじゃないか。せめてここに大木《おおき》か小林《こばやし》がいてくれればなぁ……と、キョロキョロしてみるが、そんなに都合よく彼《かれ》らが通りかかるわけもない。

頼《たよ》りの祖父《そふ》、信士《しんじ》も昨年、亡《な》くなってしまい、絹江《きぬえ》はニワトリのコッコと暮《く》らしている。

元《げん》がまだ保育園《ほいくえん》に行っていた頃《ころ》、夜店で買ったカラーヒヨコだが、家では飼《か》えないからといって、祖母の家で飼ってもらっているのだ。

ヒヨコのうちは青かったのに、今では立派《りっぱ》に普通《ふつう》の白色である。

しかも、夜店のおじさんの話では雌鳥《めんどり》だから、うるさくもないし、卵《たまご》もよく産むということだったのに、立派なトサカがあるから、正真正銘《しょうめい》、オスである。

そうそう。元《げん》の他《ほか》、唯一《ゆいいつ》のオスだが、ニワトリでは頼《たよ》りにならないだろう。

女たち四人と元《げん》ひとり、強風に追い立てられるようにして歩き、祖母《そぼ》の家へ到着《とうちゃく》した。

3

祖母の家は、今時珍《めずら》しい平屋の一軒《いっけん》家である。

庭もあって、バラの垣根《かきね》に囲まれ、春になると白い小さなバラがいっぱい咲《さ》く。

祖父《そふ》の信士《しんじ》が丹精《たんせい》した庭である。

それが春江《はるえ》も自慢《じまん》で、よくその話をするのだ。

祖父の信士《しんじ》も祖母の絹江《きぬえ》も春江《はるえ》と違《ちが》って、とても優《やさ》しく、怒《おこ》ったところなど、一度も見たことがない。

どうして、春江《はるえ》みたいな大人《おとな》に育ってしまったんだろうと、元《げん》は自分の親ながら不思議でならない。

よく磨《みが》きこまれたガラス戸が並《なら》んだ縁側《えんがわ》付きの居間《いま》。

ガラス戸からは庭が見える。

ニワトリのコッコがいる鶏《にわとり》小屋も隅《すみ》っこにあった。

居間の一角には長方形の古いちゃぶ台が置かれ、その隅《すみ》には長火鉢《ながひばち》があり、鉄のやかんが白い蒸気《じょうき》を盛《さか》んにあげている。

元《げん》、亜紀《あき》、夢羽《むう》は火鉢の横にピタッと張《は》りつき、冷たくなった手を温めていた。

「あの絵、誰《だれ》が描《か》いたの？」

夢羽《むう》が聞いた。

壁《かべ》にかけられた小さな水彩画《すいさいが》のことだ。

白、黄色、赤……色とりどりの花が咲《さ》いた庭を描《か》いたものだった。

「あぁ、あれはおじいちゃんだよ」

「へぇ。絵を描いたりする人だったんだ」

「うん、そうなんだよね。絵だけじゃなくってさぁ……」

と、元《げん》が話しかけた時、春江《はるえ》と絹江《きぬえ》がお菓子《かし》やミルクティーを運んできた。

「わーい、やったぁ！　おばあちゃんのドーナツだ！　夢羽《むう》ちゃん、おばあちゃんのドーナツ、おいしいんだよ」

亜紀《あき》が言うと、夢羽《むう》は微笑《ほほえ》んだ。

「ほんとだ。おいしそうだね」

「うんうん！　ほら、ふっかふかしてるんだよ。ギンギン商店街のビックリドーナツよりおいしいと思うんだ」

温かなミルクティーを飲みつつ、揚《あ》げたてのドーナツを頬張《ほおば》る。

なつかしい甘《あま》さが口のなかに広がって、元《げん》はようやく生きた心地《ここち》になった。

「おいしい！」

夢羽《むう》が言うと、亜紀《あき》が「でしょお？」と、まるで自分が作ったかのように自慢《じまん》した。

「うちは古いから、すきま風が寒くってねぇ。だから、この前までこたつがあったんだけど、さすがにもういらないだろうって思って片付《かたづ》けたところだったのよ。だいじょうぶ？　寒くない⁇」

絹江《きぬえ》が心配そうな顔でみんなに聞いたので、元《げん》が代表して答えた。

「だいじょうぶだよ！　もうあったまったから！」

たしかに、この部屋《へや》は他の部屋や廊下《ろうか》と違《ちが》って、とても暖《あたた》かい。

孫たちが来るのがわかっていたので、絹江《きぬえ》はふだんはあまりつけないエアコンもつけ、部屋を十分に暖かくしておいたからだ。

「なんだか、でも……この家も、お父《とう》さんがいないと広く感じるわねぇ」

春江《はるえ》がミルクティーをガブッと飲んだ後に言った。

お父さんというのは、もちろん、元《げん》たちの祖父《そふ》、信士《しんじ》のことだ。

さっき元《げん》が夢羽《むう》に話そうとして中断《ちゅうだん》したが、本当に面白《おもしろ》い人で、元《げん》たちと遊ぶのを心から楽しんでいた。

竹馬や竹とんぼ、凧《たこ》やコマも自作だったし、いつかは本格的《ほんかくてき》な双六《すごろく》まで作った。

ナゾナゾやパズルも好きで、元《げん》がナゾナゾ好きなのも彼《かれ》の影響大《えいきょうだい》だった。

こうして、この家に来ると、今にもヒョイと顔を出し、元《げん》や亜紀《あき》を笑顔《えがお》で呼《よ》んでくれるような気がする。

「そうそう。おじいちゃんといえばねぇ、こんなものが出てきたのよ！」

絹江《きぬえ》は今、思い出したというように両手を胸《むね》のあたりで合わせ、どっこいしょと立ち上がった。

みんなが「なんだなんだ?」と見ているなか、茶簞笥《ちゃだんす》のなかをゴソゴソやっていたが、

「あったあった！」と、うれしそうにもどってきた。

「これなんだけどね」

と、ちゃぶ台の上に置いたのは白いたて長の封筒《ふうとう》だった。

宛名《あてな》はなく、その代わりに「門外不出」と、黒々、墨《すみ》で書いてあった。

その字は忘《わす》れもしない、信士《しんじ》の字だ。双六《すごろく》や凧《たこ》を作ってくれた時に、ちょいちょいと筆で書いてくれた字によく似《に》ている。

「おじいちゃんの字だ！」

亜紀《あき》も覚えていたんだろう、すぐにそう言った。

絹江《きぬえ》もうんうんとうれしそうに笑った。

「そうなのよ。おじいちゃんの書斎《しょさい》を掃除《そうじ》していたらね、壁《かべ》と机《つくえ》の隙間《すきま》にはさんであったの」

「へぇー‼」

と、春江《はるえ》が声をあげる。

「それ、どういう意味？　なんて読むの？」

亜紀《あき》が聞くと、春江《はるえ》が答えた。

「あぁ……『もんがいふしゅつ』って読むの。文字の通り、門の外には出しちゃダメっていう意味よ」

「へぇー！　じゃあ、門のなかならいいんだね。ねぇ、なか、見てみようよぉ！」

「なんだ、それ‼　一休《いっきゅう》さんか！」

思わず元《げん》が叫《さけ》んだ。

「ええ？　何よ、一休さんって」

「あ、あのなぁ……」

「一休さん」とは、言わずと知れた「とんち話の一休さん」である。

『このはし、わたるべからず』と書いてある橋があり、皆《みな》が困《こま》っていたところ、一休さんはトンチをきかせ、橋の真んなかを堂々と歩いて渡《わた》ったという。

つまり、「端《はし》」を歩かなかったというわけ。

こういうのを「トンチ」というのだが……。

てな説明をするべきかどうか迷《まよ》っていると、夢羽《むう》が隣《となり》で「クスッ」と笑った。そして、

「もう封《ふう》は切られてるみたいだな」

と、あっさり言った。

「あら、ほんとだ！」

春江《はるえ》は封筒《ふうとう》をつかみ、ひっくり返した。

裏《うら》にも黒々とした墨《すみ》で、「封」と書いてあり、きっちり閉《と》じられていたようだ。

でも、あっさりそれは破《やぶ》ってあった。

絹江《きぬえ》が開けて中身を見てしまったんだろう。

「お母《かあ》さんったら、案外大胆《だいたん》ねぇ」

春江《はるえ》が笑って言うと、絹江《きぬえ》はちょっと顔を赤くして言った。

「いえね。わたしだって一日は悩《なや》んだのよ。でも、お父《とう》さん、もう天国に行っちゃってるんだし、中身が何なのか気になるじゃない？　だからね。でも、やっぱりまずかったかしらねぇ」

「あはは、もちろん冗談《じょうだん》よ。わたしなら一分も悩まないわ」

春江《はるえ》は笑いながら封筒の中身を出した。

一枚《まい》の便せんが入っていたのだが……一堂、注目のなかで、パラパラと開いて見せた。

みんなの顔がたちまちクエスチョンマークになる。
何しろ、そこにあったのは……。

「黄は白の左隣《どなり》だ。
紫《むらさき》と赤はオレンジより右だが、紫の右隣は赤ではない。
ピンクの左隣はオレンジだ。
黄は紫より左にあるが、オレンジより左にはない。
赤の左隣はピンクではない」

という文章だったからだ。
これはまさしく暗号だ‼
暗号や推理《すいり》といえば、もちろん夢羽《むう》なわけで。
亜紀《あき》は迷《まよ》わず言った。

「夢羽《むう》ちゃん！　これ、どういう意味!?」

4

暗号や推理《すいり》といえば、元《げん》だって好きだ。

『シャーロック・ホームズ』や『怪人《かいじん》二十面相』といった推理小説はだいたい読んでいる。

それは亜紀《あき》も知ってるはずなのに、やっぱりこういう時は夢羽《むう》なのだ。

まぁ、それもしかたない。

今までも数々の難事件《なんじけん》をひとりでサラッと解決《かいけつ》してるのだから、しかたないとは思うが、少しだけチクッと自尊心《じそんしん》が傷《きず》つけられた。

そんな元《げん》の気持ちがわかったのかどうか、夢羽《むう》が元《げん》に聞いた。

「どう思う？」

「え??」

夢羽《むう》に「どう思う？」と聞かれたってだけで、そうとう光栄なことだ。

しかし、なんということだ！

兄に対して、何の尊敬《そんけい》の念も持っていない亜紀《あき》が即座《そくざ》に言った。

「もう！　お兄《にい》ちゃんになんか聞いたってわかるわけないよ。それより、夢羽《むう》ちゃん、これどういう意味なの？　早く教えてよぉ‼」

お兄ちゃんになんかって！

そう言われれば言われるほど、自分で解《と》きたくなってくる。

「亜紀《あき》、ちょっと静かにしてろ！」

兄らしく、そう言うと、もう一度文章を見てみた。


「黄は白の左隣《どなり》だ。

紫《むらさき》と赤はオレンジより右だが、紫の右隣は赤ではない。

ピンクの左隣はオレンジだ。

黄は紫より左にあるが、オレンジより左にはない。

「赤の左隣《どなり》はピンクではない」

これは頭のなかで考えているより、実際《じっさい》に書いてみたほうがいい。

そう思って、「おばあちゃん、紙と鉛筆《えんぴつ》ある?」と聞いた。

絹江《きぬえ》はそう聞かれるだろうと思ったという顔で、サッと出してくれた。

それは裏《うら》が白いチラシを小さく切ってクリップで留《と》めてある手製《てせい》のメモ帳と、銀行でもらったと思われる鉛筆だった。

おばあちゃんは物を大事にする。

春江《はるえ》は「あー、もったいないでしょ‼」と子供《こども》には目くじらたてて言うくせに、自分はまだ使えそうなものをパカパカ捨《す》てるのだから、説得力がまるでない。

「元《げん》、ちょっとそれを貸《か》して」

夢羽《むう》はそう言うと、クリップを外し、手製《てせい》のメモ用紙を三枚《まい》だけ取り、さらに半分に切った。そして、それぞれに『黄』『白』『紫《むらさき》』『赤』『オレンジ』『ピンク』と大きく書き、ちゃぶ台の上に並《なら》べた。

「書くより、こうして並《なら》べ替《か》えてみたほうが速《はや》い」

「なるほどね」

と、春江《はるえ》が言えば、隣《となり》で絹江《きぬえ》も感心してうなずいた。

「噂《うわさ》通り、頭のいいお嬢《じょう》ちゃんねぇ」

夢《む》羽《う》は元《げん》に言った。

「じゃあ、まず、『隣』がわかるものから読んでいってくれる?」

「あ、ああ……えっと、『黄は白の左隣だ』……」

夢《む》羽《う》は白くて細い指で、『黄』と書いた紙と『白』と書いた紙をつかみ、『白』の左隣に『黄』を置いた。

「他には?」

「これだな……『ピンクの左隣はオレンジだ』」

夢《む》羽《う》は『ピンク』と『オレンジ』の紙をつかみ、さっきの『黄』『白』とは別の場所に、『オレンジ』『ピンク』の順に左から置いた。

「次はこれかな? 『赤の左隣はピンクではない』?」

「それはまだ後だ。ちょっと見せて」

暗号を見た夢羽《むう》は、『黄』『白』の紙を、『オレンジ』『ピンク』の紙の右側に移動《いどう》させ、『オレンジ』『ピンク』『黄』『白』の順にした。

「どうして、わかるの？」と亜紀《あき》が聞く。

「『黄は紫《むらさき》より左にあるが、オレンジより左にはない』とあるだろう？『隣』と書いてある色は、その間に他の色が入らないわけだから、『黄はオレンジより左にはない』ということは、『オレンジ』『ピンク』の組が、『黄』『白』の組より左にあるというわけだ」

そして、『紫』と『赤』の紙をつかみ、まず『紫』を『白』の右に置いた。

「『黄は紫より左にある』から、『紫』は『白』の右なんだね」

元《げん》がうれしそうに夢羽《むう》に言うと、彼女《かのじょ》はうなずいて、『赤』の紙を『白』と『紫』の間に置いた。

つまり……左から『オレンジ』『ピンク』『黄』『白』『赤』『紫』の順になった。

「最後は『赤』だけど、『紫と赤はオレンジより右』というから、『赤』の位置は、『ピンク』の右隣《どなり》か、『白』の右隣か、『紫《むらさき》』の右隣になる。でも、『紫の右隣は赤ではない』し、『赤の左隣はピンクではない』から、『白』の右隣になるわけだ。これでいいはずだけど……」

夢羽《むう》はもう一度チェックすると言い、元《げん》に読んでくれと頼《たの》んだ。

「黄は白の左隣だ。
紫と赤はオレンジより右だが、紫の右隣は赤ではない。
ピンクの左隣はオレンジだ。
黄は紫より左にあるが、オレンジより左にはない。
赤の左隣はピンクではない」

元《げん》がもう一度読む。
みんな指さしたり、頭のなかで確認《かくにん》したりしているのがわかった。
そして、全員が満足そうな顔を上げた。

赤
紫
オレンジ
ピンク
黄
白

「うん！　ちゃんと合ってる‼」

と、亜紀《あき》が言えば、春江《はるえ》もウンウンと首をたてに振《ふ》った。

「そうね。合ってるようねぇ」

「へぇえ、面白《おもしろ》いわ。おじいちゃん、一体これ、どういう意味で書いたのかしら」

絹江《きぬえ》の言葉に、夢羽《むう》が聞いた。

「この『オレンジ』『ピンク』『黄』『白』『赤』『紫《むらさき》』という色に、心当たりはありませんか？」

絹江《きぬえ》は目をぱちくりして、首をかしげた。

「うーーん……急にそう言われても、わからないわねぇ」

「そうですか……」

夢羽《むう》も考えこむ。

そりゃそうだ。こんな雲をつかむような話。

いくらなんでもすぐに解決《かいけつ》するはずもないし、絹江《きぬえ》だってすぐにピンとくるはずもない。

「お父《とう》さん、また変なパズルでも考えてたんじゃないの？」

と、春江《はるえ》。

たしかに、信士《しんじ》は生前、よく元《げん》や亜紀《あき》相手に、ナゾナゾを出したりパズルを出したりして喜んでいた。

「そうねぇ。そうかもしれないけど……」

絹江《きぬえ》は、今度は反対のほうに首をかしげた。

夢羽《むう》は斜《なな》めがけにした赤いバッグからシステム手帳を取りだした。そして、『オレンジ、ピンク、黄、白、赤、紫《むらさき》』と色の順番を書き、少し考えた後に言った。

「とりあえず、この封筒《ふうとう》があったところを見せていただけますか？」

暗号の解き方

「黄は白の左隣《どなり》だ。
紫《むらさき》と赤はオレンジより右だが、紫の右隣は赤ではない。
ピンクの左隣はオレンジだ。
黄は紫より左にあるが、オレンジより左にはない。
赤の左隣はピンクではない」

❶「隣」と書いてあるものから並べる。「黄」を「白」の左に置いて「黄と白」のペアを作る。

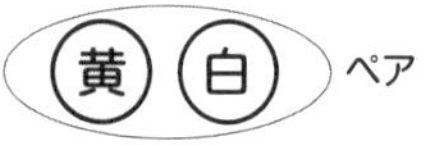

❷「ピンク」の左に「オレンジ」を置いて、「オレンジとピンク」のペアを作る。

❸「黄と白」「オレンジとピンク」の位置を表すのは、「黄は、オレンジより左にはない」なので、「オレンジとピンク」が「黄と白」より左になる。

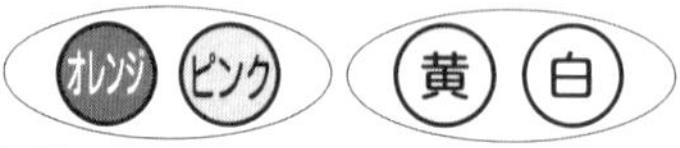

❹次に「紫」だが、「紫はオレンジより右」であり「黄は紫より左」なので、「黄と白」の右に「紫」を置く。

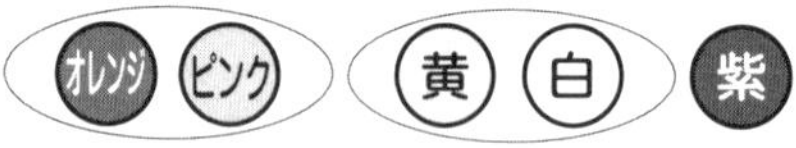

❺最後に「赤」だが、「赤はオレンジより右」なので、「赤」の位置は、「オレンジとピンク」の右か、「黄と白」の右か、「紫」の右のいずれかになる。ただ、「紫の右隣は赤ではない」し、「赤の左隣はピンクではない」ので、「黄と白」の右、つまり「白」と「紫」の間になる。

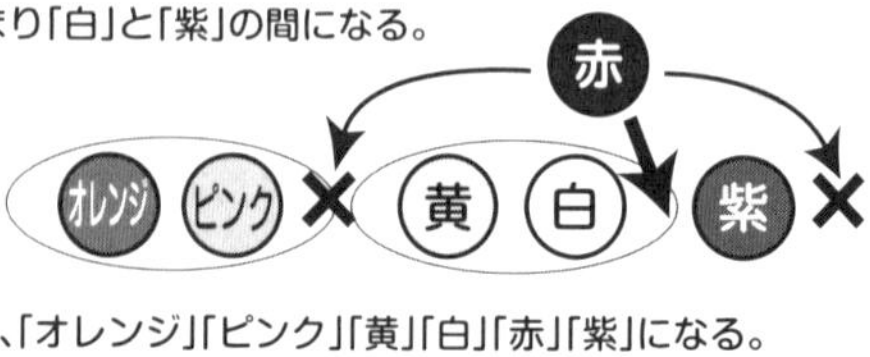

❻順番は、「オレンジ」「ピンク」「黄」「白」「赤」「紫」になる。

★春の謎解《なぞと》き

1

というわけで、一堂、ぞろぞろと信士《しんじ》の書斎《しょさい》へと移動《いどう》した。

書斎なんて部屋《へや》があること自体、大変ぜいたくな話だが、その部屋はまさしく書斎だった。古《ふる》く重厚《じゅうこう》な本棚《ほんだな》が片方《かたほう》の壁《かべ》に置いてあり、これまた古い本がずらりと背表紙《せびょうし》を並《なら》べている。

エンジ色の絨毯《じゅうたん》が敷《し》かれた床《ゆか》、木目のはっきりした濃《こ》い色の壁。窓《まど》には分厚《ぶあつ》いカーテンがかかっていて、その隙間《すきま》から陽射《ひざ》しがこぼれている。

光の筋《すじ》にきらきらとホコリが舞《ま》っているのが見えた。

春江《はるえ》が大股《おおまた》で窓のところまで行くと、サッサッとカーテンを開いた。

同時に光が暗かった部屋にあふれ、デンと置かれた重そうな机《つくえ》と椅子《いす》に降《ふ》り注いだ。

机《つくえ》は窓《まど》の横、裏側《うらがわ》を壁《かべ》に接《せっ》して置かれてあった。

会計士の仕事をしていた信士《しんじ》は、よくこの机で仕事をしていたし、推理《すいり》小説を読んだり、元《げん》たちのためにパズルを考えたり、オモチャを作ったりもしていた。

大好きなおじいちゃんが亡《な》くなった時は、すごくショックで、元《げん》も亜紀《あき》もわあわあ泣いた。今でも、この部屋《へや》に来ると胸《むね》がつまってしまう。

「なつかしいわぁ。わたし、ここで宿題させてもらったりしたもん。お父《とう》さん、優《やさ》しいからさ。仕事中でも、それを中断《ちゅうだん》して、わたしの勉強見てくれたのよ。ほんと、怒《おこ》らない人だったよねぇ」

革製《かわせい》の椅子《いす》の背《せ》もたれをなでながら、春江《はるえ》が言った。

「お母《かあ》さん、夫婦《ふうふ》ゲンカなんかしたことないんじゃないの?」

すると、絹江《きぬえ》がにこにこと目尻《めじり》にシワを作った。

「あるわよ。若《わか》い頃《ころ》はね。つまんないことでもよくケンカしたわ」

「へぇー! 意外ね、それは。だってわたしたち、見たことないわよ。お父さんたちのケンカなんて」

春江《はるえ》には他《ほか》に三人兄妹がいるが、兄妹たちがいくらケンカしてようが、いつでもニコニコと仲のいい夫婦《ふうふ》だった。

「わたしたちはいっつも見てるよ。ねぇ？　お兄《にい》ちゃん！」

亜紀《あき》に同意を求められ、元《げん》は「うっ」とつまった。

そんなの、どう答えていいんだ！

春江《はるえ》は「ふん！」という顔で、机《つくえ》の上を手で払《はら》おうとして、その手を止めた。

「お母《かあ》さん、この部屋《へや》、どうするの？　使ってないんなら、やっぱり信也叔父《しんやおじ》さんの言う通り、少し改造《かいぞう》して叔父さんたちといっしょに住めば？」

信也《しんや》叔父さんというのは、絹江《きぬえ》の弟にあたる。その叔父さん夫婦がもし絹江《きぬえ》さえよければ、この家でいっしょに住んでもいいと言っているのだ。

そもそもこの家は、絹江《きぬえ》の父の家だったので、叔父さんにとってもなつかしい家なのだ。

絹江《きぬえ》はなんとも微妙《びみょう》な顔で言った。

「そうなんだけどね……。まぁ、わたしもまだまだだいじょうぶだし、お父《とう》さんがまだ亡《な》くなったような気がしないのよ」

「そっかぁ。そうよねぇ、まだそんなに日も経《た》ってないし、お母《かあ》さんたち、ほんと仲良かったもんねぇ。うん、いいよいいよ。叔父《おじ》さんにはわたしからも言っておくからさ！でも、お母さん、絶対《ぜったい》無理しちゃだめよ。力仕事があれば、いくらでも言ってね。うちの旦那《だんな》がなんでもやるから。あぁ、そうそう、元《げん》だってね、せいぜい使ってちょうだい。使用人と思っていいんだから」

春江《はるえ》がめちゃくちゃを言い、元《げん》が「なんだよ、その言い方は！」と反論《はんろん》し、絹江《きぬえ》がコロコロと笑った……その時。

「あの……封筒《ふうとう》はこの机《つくえ》と壁《かべ》の隙間《すきま》にあったんでしょうか？」

夢羽《むう》は壁際《かべぎわ》に置かれた机の奥《おく》を指さした。

「ええ、そうよ。たまには掃除《そうじ》しなくちゃと思ってね。床《ゆか》を掃除してたら、あの封筒が落ちてきたの」

「床を……？」

「そうそう。ほら、ここのなかに入ってね」

絹江《きぬえ》は椅子《いす》をどけて見せた。

机《つくえ》の下に潜《もぐ》って、床《ゆか》を掃除《そうじ》していたら、この封筒《ふうとう》が落ちてきたらしい。

夢羽《むう》は机の下に潜りこんだ。

そして、右や左、机の裏側《うらがわ》を見ていたが、出てきて聞いた。

「引き出しを出してみてもいいですか?」

「ええ、もちろんよ。どうぞ好きなだけ、いろいろ見てちょうだいね」

絹江《きぬえ》はまるで推理《すいり》小説のなかの登場人物になったような気分で、ワクワクしているようだった。

もちろん、元《げん》もそうだ。

夢羽《むう》といっしょにいると、さしずめ、彼女《かのじょ》がシャーロック・ホームズで自分が助手のワトソンになったような気分である。

机は右側に引き出しが三段《だん》ついていて、左側には開き戸がついている。

真んなかにも平べったくて大きな引き出しがひとつついていて、その辺は元《げん》の机といっしょだ。

もちろん、比《くら》べものにならないくらいに大きいし、どっしりと重そうな木製《もくせい》の机《つくえ》で、だいぶ使いこんであるのがわかる。

机の上にはすすけた緑色のフェルトの布《ぬの》が敷《し》いてあり、さらにその上にはガラス板が置いてあった。

そういうところもずいぶんクラシックな趣《おもむき》がある。

夢羽《むう》は引き出しをひとつひとつ出していこうとした。

でも、重いし古いしで、がたついてなかなか引きだせない。

「オレがやってみる」

元《げん》が代わりにやってみた。

むずかしそうだが、女たち三人に見つめられてるわけで、ここは頑張《がんば》らなくてはいけない。

力をこめ、必死に頑張った。

しかし、なかなかこれが難《なん》事業なのだ。

内心、ここで引きだせなかったら、女たちになんて言われることだろうと思った。

もちろん、この場合の「女たち」というのは、春江《はるえ》と亜紀《あき》のふたりである。そういえば、こいつらふたり、よく似《に》てる。

そんなこともチラッと思いながら。

額《ひたい》から汗《あせ》が噴《ふ》きだし、手もビリビリとしびれてきたが、それでも腹《はら》に力を入れ、必死に……というか、ほとんど意地で頑張《がんば》った。

そのかいあって、どうにか全部の引き出しを引きだすことができた。

「やったぁ！　すごいじゃん、お兄《にい》ちゃん。よかったぁ。ここで、やっぱりできませんでしたってなったら、かっこ悪いもんね。うんうん、よかった。ほんとによかった……」

亜紀《あき》がひどく大げさに手をたたいて喜んだ。

春江《はるえ》も絹江《きぬえ》も同じように手をたたく。

「ほんとねぇ、どうなることかと思ったわぁ！」

「さすがは男の子ね、元《げん》ちゃん、お手柄《てがら》よ！」

ったくぅ、大げさなんだよ！

と、思いつつ、心底ホッとする。

元《げん》は顔をまっ赤《か》にして、額《ひたい》に浮《う》かんだ汗《あせ》を拭《ぬぐ》った。

2

引き出しの中身は、古い切手の入った箱だの、印鑑《いんかん》入れだの、書類や筆記具、クリップ、ノート……など。引き出しに入っていそうなものばかり。

園芸が好きだった信士《しんじ》らしく、「園芸ノート」と万年筆で表書きが書かれた分《ぶ》厚《あつ》いノートも入っていた。

それらを見ていった夢《む》羽《う》は首をかしげた。

「絵の具はどこですか？」

「絵の具？」

春江《はるえ》が聞く。

「はい。居間《いま》にかけてあった絵は、元《げん》のおじいちゃんが描《か》いた作品なんですよね？」

「あぁ、はいはい。それだったら、こっちよ。こっちのカバンに入ってるわ」

戸棚《とだな》から木でできたカバンを絹江《きぬえ》が持ってきた。

開いてみると、筆や筆洗《ひっせん》、絵の具の入った箱などがあった。

それを見て、元《げん》が「あっ！」と叫《さけ》んだ。

「そっか。絵の具か‼」

夢羽《むう》は絵の具の箱を開けながら言った。

「まぁ、色といって最初に思い浮《う》かべるのは絵の具とか色鉛筆《いろえんぴつ》だし。それに、おじいちゃんは水彩画《すいさいが》を描いてらしたわけだしね」

「ふむふむ」

「それにしても、すぐ思いつくのはすごい！」

亜紀《あき》がしきりに感心する。

『オレンジ』『ピンク』『黄』『白』『赤』『紫《むらさき》』の絵の具はあったが、残念ながら特に変わったところもなく、夢羽《むう》にしては珍《めずら》しく空振《からぶ》りに終わった。

「ふぅむ、とすると……」

夢羽《むう》は机《つくえ》のほうを振《ふ》り返り、机をコツンと拳固《げんこ》で軽くたたいた。

「やっぱり封筒《ふうとう》が隠《かく》してあった机のほうかなぁ？」

と、また赤いバッグからシステム手帳を取りだした。

手のひらにすっぽり収《おさ》まるサイズだが、かなりカッコイイ。表面はピカピカとメタルっぽく光ってて、なかはバインダー式になっている。

スケジュール、方眼紙《ほうがんし》、ビニール袋《ぶくろ》、シール、小型サインペン、三角定規《じょうぎ》、計算機……さまざまな機能《きのう》を備《そな》えたものだ。

その手帳は夢羽《むう》特製《とくせい》のもので、元《げん》もほしくてしかたない。

「わぁ！　カッコイイね、それ」

亜紀《あき》もさっそく目をまん丸にして、そのシステム手帳を見た。

夢羽《むう》はその手帳から、小さな四角いものを取り出した。ぽっちのようなものを引っ張《ぱ》ると、それが巻《ま》き尺《じゃく》であることがわかった。

しかも、不思議なことに、シュッと伸《の》ばすと、伸ばしただけ、まっすぐ伸びたままになって、まるで定規《じょうぎ》のようになるのだ。

夢羽《むう》は引き出しの奥行《おくゆ》きを巻《ま》き尺《じゃく》で測《はか》ると、次は机《つくえ》の下に潜《もぐ》って、引き出しのはまっている部分の奥行きを測った。

「うーむ、違《ちが》うか?」

夢羽《むう》が苦笑した。

「え? どうかしたの?」

亜紀《あき》が興味《きょうみ》しんしんの顔で聞く。

「いやね。もしかしたら、この机に……何か仕掛《しか》けでもあるのかと思ったんだ。こんなこった暗号を残しておく人だったら、その暗号を隠《かく》しておいた場所……つまり、この机にも何か仕掛けがしてあるんじゃないかと思ってね。だとしたら、引き出しの部分に、何かあるかなと思ったんだが……」

「だとしたら、こっちはどうなんだろう?」

元《げん》が指さしたのは、机の左側。そっちは引き出しではなく開き戸がついている。

「そうか。そうだな……なかはどうなってる?」

「えぇぇっと……」

開き戸を開けてみると、なかには分厚《ぶあつ》い辞書やら百人一首の入った木箱やらが入っていた。それらをひとつひとつ出していく。

ほこりが舞《ま》い、元《げん》も夢羽《むう》も同時にクシャミをした。

そんなことがすごくうれしいし、楽しい。

「へぇー！　夢羽《むう》ちゃんでもクシャミするんだねっ！」

などと亜紀《あき》が言う。彼女《かのじょ》も同じようにうれしかったらしい。

「そりゃそうだよ。わたしだって人間だ」

その言い方がおかしくって、春江《はるえ》も絹江《きぬえ》も吹《ふ》きだした。

「それにしても。こんなところ、見たことなかったけど、お父《とう》さんたら、ずいぶん物持ちがいいのねぇ」

春江《はるえ》が感心する。

「だって、ほら。この百人一首って、わたしが小さい頃《ころ》にも使った覚えがあるもん」

今では珍《めずら》しい木箱入りの百人一首である。

なかを開けてみると、古くはなっているが、印刷が丁寧《ていねい》で、最近の百人一首よりもずっといい感じだ。

そうやっていると、ひとつひとつ思い出が蘇《よみがえ》ってくるらしく、春江《はるえ》も絹江《きぬえ》も何度もため息をついた。

「これで全部だな。もう何もないよ」

奥《おく》をのぞいて、元《げん》が言う。

念のため、手で奥のほうを触《さわ》ってみたりしたが、何も変わったところはない。

やっぱり考えすぎだったのか。

……と思った時、夢羽《むう》がシステム手帳についたスイッチを入れた。手帳の背《せ》についた電球が点灯し、懐中電灯《かいちゅうでんとう》になる。

「まぁ、すごいわねぇ！」

絹江《きぬえ》が目を丸くして驚《おどろ》く。

懐中電灯で開き戸の奥を照らしつつ、夢羽《むう》はさっきの巻《ま》き尺《じゃく》で奥行きを測《はか》った。

「うぅーむ、変だな」

夢羽《むう》は首をかしげた。

「どうかしたの？」

元《げん》が聞くより前に亜紀《あき》が聞いた。

「うん。奥行《おくゆ》きがなさすぎるんだ。測《はか》ってみたら、やっぱり短いことがわかったよ」

「え？　どういうこと??」

亜紀《あき》の疑問《ぎもん》は、元《げん》や春江《はるえ》、絹江《きぬえ》たちの疑問でもある。

夢羽《むう》は「ちょっと待って」と指で制止《せいし》し、システム手帳の懐中電灯《かいちゅうでんとう》を使い、もう一度開き戸の奥をのぞきこんだ。

そして、手を伸《の》ばし、奥の板をノックしてみた。

ボコンボコンと変な音だ。

「うーん、怪《あや》しいなぁ」

夢羽《むう》はまた首をかしげる。

そして、固唾《かたず》をのんで見守っている絹江《きぬえ》を見て言った。

「あのぉ……ちょっと手荒《てあら》なこと、してもいいですか？　たぶん、壊《こわ》れることはないと思うんですけど」

「え？　あ、ああ、いいわよいいわよ。どうせ、こんな古い机《つくえ》、誰《だれ》も使わないんだから。でも、手を怪我《けが》しないようにしてね」

「はい。だいじょうぶです。やるのは、わたしじゃなくて、元《げん》だから」

「えええ⁇」

元《げん》は自分の鼻を人さし指で指さした。

「いや、だいじょうぶだよ。でも、ちょっと力が必要だからね。奥《おく》の板を思いっきり引っ張《ば》ってほしいんだ」

「引っ張る⁇」

「そう。左右に小さい穴《あな》が空いてる。ちょうど指が一本引っかかる程度《ていど》の。だから、そこに指を突《つ》っこんで、奥の板を引っ張り出すようにしてみてほしいんだ」

「えええええ⁇　そんなことできるのか？」

と、元《げん》が聞いたとたんだ。

「んもう！　よけいなこと聞かないで、夢羽《むう》ちゃんの言う通りにやってみなよ！」

「元《げん》！　早くやりなさい‼」

「元《げん》ちゃん、早くやってちょうだい。でも、怪我《けが》しないように注意してね」

亜紀《あき》、春江《はるえ》、絹江《きぬえ》の三人が口をそろえて言った。

これはもう四の五の言ってる場合じゃないらしい。

元《げん》は鼻の下を指の背《せ》で二、三度こすり、グスッと言わせた。

そして、両手を机《つくえ》の奥《おく》に突《つ》っこんだ。

指先で奥の板を探《さぐ》る。

あ、あった、あった‼

「あっただろ？」

夢羽《むう》が聞くから、元《げん》はウンウンとうなずいた。

「固くなってるけど、さっきと同じように頑張《がんば》ってくれ」

「ＯＫ！」

こうして夢羽《むう》に頼《たよ》りにされているというのは実にいい気分だ。

「んぅぅうんむぅぅ……」

し、しかし……。

さっき以上に、これは‼

またまた額《ひたい》に汗《あせ》を浮《う》かべ、顔をまっ赤《か》にして必死に引っ張《ぱ》る。

だけど、指の第一関節がピリピリするばかりで、まったく手応《てごた》えがない。

「うーむ、ダメかな。ただ、奥行《おくゆ》きがないだけなのかな？　いや、しかし、そんなことをする意味がないし……」

夢羽《むう》が首をひねる。

と、その時だ。

ボコッと音がして、元《げん》は勢《いきお》いよく後ろに吹《ふ》っ飛び、元《げん》の背後《はいご》でワクワクドキドキしていた春江《はるえ》や亜紀《あき》にぶつかって、尻《しり》もちをついた。

「うわぁっ！」

「きゃあああ！」

「ひやぁ！」

元《げん》たち三人が三人とも変な悲鳴をあげる。

「元《げん》ちゃん、だいじょうぶ？」

被害《ひがい》を免《まぬか》れた絹江《きぬえ》が助け起こしてくれた。

その元《げん》の手には、ちょうど机《つくえ》の開き戸と同じくらいの大きさの板がしっかり握《にぎ》られていた。

3

「あらま、それ、何なんでしょうね」

絹江《きぬえ》が言った時、夢羽《むう》が開き戸の奥《おく》を懐中電灯《かいちゅうでんとう》で照らしながら言った。

「思った通り、ここ、二重底になってました。今元《げん》が取った板は、あとからおじいちゃんが付け足したものらしいですね」

「二重底？」

と、みんなが夢羽《むう》を見た。

夢羽《むう》は大きくうなずき、みんなが見られるように場所をあけた。

「厳密《げんみつ》に言えば『底』じゃないですけどね。でも、まぁ、同じ原理です。秘密《ひみつ》の空間を利用して、金庫をしまっておいたんですね」

「秘密の空間?」

「秘密の空間⁉」

亜紀《あき》と元《げん》が大きな声をあげると、春江《はるえ》と絹江《きぬえ》も同じように大声をあげた。そして、

「金庫ですって⁉」

「金庫⁉」

「ほんとだ‼」

「まぁまぁ!」

と、みんなが驚《おどろ》く。

開き戸の奥《おく》の秘密の空間には、小さな手提《てさ》げ金庫があった!

その手提げ金庫には六桁《けた》の数字を合わせる方式の鍵《かぎ》があって、ふたは開かなかった。

「この鍵って、自転車のダイヤル式ワイヤーロックに似《に》ているね」

元《げん》が言うと、夢羽《むう》はうなずいた。

「同じ原理だと思う。おじいちゃんは何か六つの数字を設定《せってい》して、正しく合わせない限《かぎ》り開かないんだろう」

信士《しんじ》が思いつく六つの数字……本人の生年月日をはじめ、絹江《きぬえ》、春江《はるえ》、元《げん》たちの生年月日などを試《ため》したが、開かない。

「んもう！　開かないわねぇ！」

春江《はるえ》はでたらめに何度も挑戦《ちょうせん》していたが、イライラした口調で言った。

数字は六桁《けた》。つまり、6×6×6×6×6×6＝46656通りの組み合わせが考えられるわけで。

そんなに簡単《かんたん》には開かない。

「お父《とう》さんったら、こんなところに何をしまっておいたのかしら⁉」

春江《はるえ》が言うと、絹江《きぬえ》が首をかしげた。

「お父さんねぇ、金庫が好きなのよ。他《ほか》にも何個《なんこ》もあるの。もし、泥棒《どろぼう》が入っても、どこに一番重要なものが入ってるかわからなくて困《こま》るだろうって言うのよ。一番おかしかったのは、大きな金庫のなかに、さらに金庫を入れて、その金庫のなかにも小さな金庫を入れてね」

「あ、そういうの、なんて言うんだっけ？　ロシアのお人形にあるわよねぇ？」

春江《はるえ》が聞くと、夢羽《むう》が答えた。

「マトリョーシカですか？」

「あ、そうそう。それよ。お人形のなかに少しだけ小さなお人形が入ってて、そのなかにもまた少し小さなお人形が入ってるっていう……ね。でも、そんなに金庫があったら、鍵《かぎ》をなくしたり、暗証番号《あんしょうばんごう》がわからなくなったりしないの？」

「そうなのよねぇ。実は他《ほか》にもあるわよ。開けられないままの金庫は」

「なんですってー!?　だめじゃないの。何か重要なものかもしれないのに。んもう、お母《かあ》さんはノンキねぇ！」

「まぁねぇ。鍵屋《かぎや》さんでも呼《よ》んで、専門《せんもん》の人に見てもらえば開くのかもしれないけど。たぶんね、たいしたものは入ってないの。古銭《こせん》とか切手とかが入ってたこともあったわねぇ。ま、土地の権利証《けんりしょう》とか株券《かぶけん》とか、そういうものはちゃんと銀行の貸金庫《かしきんこ》に預《あず》けてあるからね」

「まぁ、そうだけどさぁ！」

つくづくこの母娘《おやこ》は性格《せいかく》が違《ちが》うなぁと、元《げん》は思った。

しかし、今はそんなことより、この秘密《ひみつ》の金庫のことだ！

……と、そこで元《げん》はパッとひらめいた。

「もしかして、さっきの暗号、この金庫の暗証番号なんじゃないか⁉　あれも色の数、六つだったし」

「そうだろうね。色と数字が対応《たいおう》してるんだと思う」

夢羽《むう》が冷静に答えた。

ちぇ、なんだ。

夢羽《むう》は最初からわかってたのか！

そりゃそうだよな。オレが思いつくことくらい彼女《かのじょ》が思いつかないわけないか。

元《げん》にしてみれば、すごい発見だったのに、まったく驚《おどろ》いた顔をしない夢羽《むう》にがっかりした。

それでも、春江《はるえ》たちにとっては十分驚くことだったようで、

「あらまぁ！　そうなの、さっきのねぇ！」

と、しきりに感心してくれた。

しかし、色がどの数字を表わしているのかわからない限《かぎ》り、この暗号は解《と》けないわけで。

「はぁ……。また振《ふ》り出しにもどったって感じだな」

元《げん》が大きなため息をつくと、夢羽《むう》は首を左右に振った。

「違《ちが》うよ。ずいぶん先に進んだと思う。少なくとも、何の暗号なのか……その有力な候《こう》補《ほ》が見つかったんだからね。今度は、この色に関しての何かヒントを探《さが》せばいい」

色の順番を書いたシステム手帳を開いた。

『オレンジ、ピンク、黄、白、赤、紫《むらさき》』

何度見ても、さっきと同じである。みんな顔を見合わせ、ため息をつくばかり。

「うーん……おじいちゃん、この色について何か書いてないのかなぁ?」

と、元《げん》がつぶやいた時、夢羽《むう》がハタと顔を上げた。

「オレンジ、ピンク、黄、白、赤、紫……」

呪文《じゅもん》のようにそう唱えながら、引き出しに入っていたノートを夢羽《むう》はパラパラとめくった。

そして、「そうだ! やっぱりそうだ!」とつぶやき、そのノートを持ったまま足早に書斎《しょさい》から出ていってしまった。

みんな「どうしたの?」「何かひらめいたんだよ!」と、顔を見合わせつつ、夢羽《むう》の後を追いかけた。

彼女《かのじょ》はドーナツを食べた居間《いま》にもどっていた。

そして、壁《かべ》にかかった水彩画《すいさいが》を指さして言った。

「色の正体はこれだと思います」

4

春の陽射《ひざ》しをいっぱいに浴びた庭。赤、白、黄色、ピンク……本当に色とりどりの花々が咲《さ》き乱《みだ》れ、うすぼんやりとした青い空の下でノンキに笑っているような絵だ。

　まるで小学生か幼稚園児《ようちえんじ》が描《か》いたようで、決して上手《じょうず》とは言えないが、それでも春の喜びに満ちた楽しげな絵は、見る人たちの心を明るくしてくれる。

「でも、さっき……絵の具とは違《ちが》うって」

元《げん》が言いかけると、春江《はるえ》が元《げん》の言葉をさえぎるようにして聞いた。

「この花のことだってわけ？」

夢《む》羽《う》はうなずいた。

「そうです」

「まぁ、たしかに……ここにはさっきの色はほとんど入ってるようだけど……」

春江《はるえ》はそこで言葉をのんだ。

そう。

（だから、どうしたんだ？）

と、みんなが同じ疑問《ぎもん》を持ち、夢《む》羽《う》を見た。

彼女《かのじょ》はにっこりと微笑《ほほえ》んだ。

「このノートにも『花の色』については書いてありました。で、問題の『オレンジ』『ピンク』『黄』『白』『赤』『紫《むらさき》』という色ですが、これはチューリップの色なんだと思います」

手に持っていた信士《しんじ》の「園芸ノート」を広げて見せた。

そのページは「チューリップ」について書かれてあった。

『チューリップはプランターや植木鉢《うえきばち》より、庭に直植えしたほうが良い』

『球根にも十分に栄養分を残さなければ来年の花を咲《さ》かせることができない。だから、液肥《えきひ》を与《あた》え続け、花が咲いた後は、五日くらいしたら花をちぎってしまい、葉だけにするといい』など……。

育て方、球根の手入れ方法、冬の越《こ》し方などもていねいに書いてあった。

そして、『色も形もさまざまな種類があり、楽しい。自分たちが子供《こども》の頃《ころ》はチューリップといえば、赤、白、黄色くらいだったが、最近はオレンジ、ピンク、黒に近い紫《むらさき》など……実にさまざまな色の花が開発されているようだ。「黒いチューリップ」という映画《えいが》を昔、妻《つま》と観《み》たのがなつかしい。来年はぜひいろんな色のチューリップを咲《さ》かせたい』と書き添《そ》えられてあった。

「あらまぁ、おじいちゃんたら……」

絹江《きぬえ》は頬《ほお》をポッと赤く染《そ》めて恥《は》ずかしそうに笑った。

「元《げん》のおじいちゃんが亡《な》くなったのは去年だということですが、秋以降《いこう》のことですよね？」

夢羽《むう》に聞かれ、

「ええ、ええ、そうです。ほんとにねぇ。具合が悪くなったのは急なことで、それまではぴんぴんして、庭仕事もやってたの」

と、絹江《きぬえ》は少ししんみりした調子で答えた。

「なるほど。だとすれば、チューリップの球根をすでに植えた後のようですね」

「ええ、ええ。たしかに植えてありますよ。でも、なぜそれが……？」

不思議そうに聞く絹江《きぬえ》に、夢羽《むう》は「園芸ノート」を見せた。

「十月十日にチューリップを植えたことが書いてありますから」

「あらまぁ‼　そうだったのね。わたし、ちっとも知らなかった。こんな『園芸ノート』を書いてたことも。五十五年も連れ添《そ》ってきたのに、知らないことがまだまだあるなんてねぇ」

絹江《きぬえ》は感慨《かんがい》深げにそう言った。そして、

「では、見せていただけますか?」

と、夢羽《むう》に聞かれ、夢《ゆめ》から引きもどされたような顔で彼女《かのじょ》を見た。

「ええ、もちろんよ」


今度は庭へみんなでぞろぞろ移動《いどう》した。

幸い、吹《ふ》き飛ばされそうになるほど吹いていた風が少しおさまっていた。

庭には紅白《こうはく》の梅、松もあり、小さいが藤棚《ふじだな》もある。丸い石で囲んだスペースには、パンジーやデイジーがかわいく並《なら》んで揺《ゆ》れている。

その上、垣根《かきね》はみんな白いバラ……なのだから、テーマも何もない。洋風でもあり和風でもあり。バラ……というより、バラバラな印象だったが、とにかく季節季節に花が咲《さ》き乱《みだ》れて、楽しい庭である。

「コケーコケー!」

庭の隅《すみ》の鶏《にわとり》小屋で昼寝《ひるね》をしていたコッコが、耳ざとく跳《は》ね起き、元《げん》たちに向かって、盛《さか》んに威嚇《いかく》し始めた。

しかし、今はそれどころではない。

「これよ」

絹江《きぬえ》が指さしたのは、六個《こ》の鉢植《はちう》えだった。

「あああ、やっぱり六個だ！」

元《げん》が言うと、夢羽《むう》もうなずいた。

まだ小さな爪《つめ》ほどの固い芽しか出ていない。

夢羽《むう》は植木鉢のひとつを持ち上げ、回りや底を見る。

亜紀《あき》も元《げん》も、春江《はるえ》も絹江《きぬえ》もやってみた。

「ああ！　『2』って書いてある」

「こっちは『6』だ」

「あらまぁ、ほんと。こっちは『1』よ」

「わたしのは『8』だよ！」

植木鉢の底に黒いマジックで『1』『2』『5』『6』『7』『8』と、それぞれ数字が書かれてあったのだ。

「間違《まちが》いないね」

元《げん》が興奮《こうふん》した顔で聞くと、夢羽《むう》は微笑《ほほえ》み、力強くうなずいた。

「きっとこれ、それぞれ『オレンジ』『ピンク』『黄』『白』『赤』『紫《むらさき》』のチューリップが咲《さ》くんだと思う」

「そっか。で、暗号の色の順番通りに植木鉢《うえきばち》を並《なら》べ換《か》えて、底の数字を見ればいいのか？」

「うん。それが、あの金庫の鍵を開ける数字になってると思う」

「なるほどぉぉ‼　すごいな」

元《げん》が感心すると、春江《はるえ》が（まいった！）という顔で首を振《ふ》りながら言った。

「お父《とう》さんったら、暇《ひま》ねぇ、もう！」

「ほほほほ。きっと天国で『悔《くや》しかったら、暇になってみろ！』って言ってるわねぇ」

絹江《きぬえ》が笑う。

「そうねぇ。お父さんなら言いそうだわ。それより、どうするの？　チューリップが咲《さ》くまでわからないってことよねぇ？」

「そういうことになるかしら？」

春江《はるえ》と絹江《きぬえ》が夢羽《むう》を見ると、彼女《かのじょ》は答えた。

「はい、そうです。チューリップの開花時期というのはいつ頃《ごろ》ですか？」

「まぁ、あと一ヶ月くらいかな？　四月には咲《さ》いてるでしょう」

と、春江《はるえ》。

夢羽《むう》はにっこり笑って言った。

「では、決まりですね。その頃、またここに集まりましょう」

5

一ヶ月が過《す》ぎ、冒頭《ぼうとう》のシーンにもどるわけだ。

すでに、チューリップはそれぞれきれいな色で咲《さ》いている。色鮮《いろあざ》やかな花弁《かべん》は、開き始めたばかり。

夢羽《むう》が推理《すいり》した通り『オレンジ』『ピンク』『黄』『白』『赤』『紫《むらさき》』の六色だ。

みんな期待に満ち、そしてちょっぴり緊張《きんちょう》したような顔、顔、顔。

「ふふふ。いよいよねぇ！」

春江《はるえ》が言うと、

「もー、亜紀《あき》なんか毎日気になってたんだからね。もっと前に来ればいいのにぃ。

チューリップの色、もっと前にわかってたんだもん！」

亜紀《あき》が頬《ほお》をふくらませた。

チューリップは固いつぼみの状態《じょうたい》でも何色かはわかる。

ただ、あの時の五人が集まれる日じゃなくちゃ……と、春江《はるえ》がこだわった。

といっても、一番忙《いそが》しかったのは当の春江《はるえ》なのだが。

「ま、でもね。わたしもけっこう楽しみにしてたのよ」

春江《はるえ》が笑うと、絹江《きぬえ》も首をたてに振《ふ》った。

「わたしもよ！　もうねぇ、先に数字を見ちゃおうかと思ったくらいよ」

「あら、お母《かあ》さん！　抜《ぬ》けがけはダメよぉ!!」

瞬間春江《しゅんかんはるえ》は子供《こども》のように声をあげた。絹江《きぬえ》は苦笑した。

「だいじょうぶよ。そんなことしてませんよ。さあ、それより早く調べてもらいましょう」

そう言われた夢羽《むう》はシステム手帳を見ながら元《げん》と亜紀《あき》に言った。

「じゃあ、順番に並《なら》べ直して。左から『オレンジ』、次に『ピンク』、『黄』……」

「わかってる。次は『白』『赤』『紫《むらさき》』だよな」

気になってると言えば、元《げん》だって負けてはいない。色の順番なんてメモを見るまでもなく暗記していた。

元《げん》と亜紀《あき》がチューリップの植木鉢《うえきばち》を並《なら》べ換《か》えていると、ニワトリのコッコが遊んでもらえるのかと勘違《かんちが》いし、兄妹の周りをせわしなく行ったり来たりする。

「い、いてっ‼」

元《げん》が悲鳴をあげる。

ちっともかまってくれない元《げん》たちに怒《おこ》ったコッコ。植木鉢を持った元《げん》の手の甲《こう》をくちばしで思いっきり突《つ》っついたのだ。

「あ、あぶねぇ！」

危《あぶ》なく植木鉢《うえきばち》を落とすところだった。

と、その時、夢羽《むう》がポンと手を打った。

「そうか！」

「え？」

元《げん》が聞くと、夢羽《むう》は笑った。

「いや、たいしたことじゃないんだが……。だから、元《げん》のおじいちゃんは、自分で『園芸ノート』に『チューリップはプランターや植木鉢より、庭に直植えしたほうが良い』と書かれていたのに、わざわざ植木鉢に植えたんだなって思って」

「あ、そっか。金庫を開くための数字を隠《かく》しておくためだね？ ……っと、ほら、コッコ。ジャマだジャマだ。さぁ、並《なら》べ換《か》えたぞ」

「『オレンジ』『ピンク』『黄』『白』『赤』『紫《むらさき》』、ほら、ちゃんと並んだよ！」

亜紀《あき》が植木鉢を指さす。

「ありがとう。じゃあ、それぞれの数字を言ってくれる？」

夢羽《むう》はシステム手帳とペンを持ち、元《げん》たちに聞いた。

「うん、最初は『オレンジ』。これは……『8』だ」

「了解《りょうかい》」

「次は『ピンク』ね。『2』だよ」

こうやってひとつひとつ、それぞれの植木鉢《うえきばち》の底に書かれた数字を順番通りに確認《かくにん》した。結果……。


『オレンジ』……『8』

『ピンク』……『2』

『黄』……『5』

『白』……『1』

『赤』……『6』

『紫《むらさき》』……『7』


となっていることがわかった。

つまり、

『8』『2』『5』『1』『6』『7』

と、なる。

これで、例の金庫が開けられればいいのだが……。

「お母《かあ》さん、例のものは？」

春江《はるえ》が聞くと、絹江《きぬえ》はいそいそと縁側《えんがわ》から居間《いま》へと行き、手提《てさ》げ金庫を大事そうに持って、もどってきた。

「はい。お待たせしました！」

「じゃあ、この数字の順番に金庫の鍵《かぎ》を合わせてみてください」

夢羽《むう》に言われ、絹江《きぬえ》は黙《だま》ってうなずいた。

「8、2、5、1、6、7」

ゆっくりと数字を読む夢羽《むう》の澄《す》んだ声が静かな春の庭に響《ひび》く。

「ホーホケキョ！」

その声に誘《さそ》われたのか、どこかからウグイスがきれいな声で答えた。

みんな、その時だけ緊張《きんちょう》がゆるみ、苦笑し合った。

絹江《きぬえ》は、金庫についている六つの数字を回し、左から『825167』とした。

「はい。全部合わせましたよ」

絹江《きぬえ》が言うと、夢羽《むう》が言った。

「では、開けてみてください」

金庫が開くかどうかであるが……。


カチッ。

快《こころよ》い音をたて、金庫の鍵《かぎ》が解除《かいじょ》された。

その瞬間《しゅんかん》、みんなの顔がホッとした笑顔《えがお》になる。

「すごい！」

「やったぁ‼」

春江《はるえ》と亜紀《あき》がガッツポーズをした。

「やっぱりあの暗号はこの金庫を開けるためだったんだぁ」

元《げん》が感心したようにつぶやく。


さて。

ここまでこったことをして、いったい信士《しんじ》は何を隠《かく》していたのだろう⁉

みんなの興味《きょうみ》は、否《いや》が応《おう》でも一点に集中してくる。

絹江《きぬえ》も緊張《きんちょう》した顔で金庫をのぞいた。

みんなもなかをのぞきこむ。

コッコもいっしょにのぞきこんだ。

……なかには、赤い紐《ひも》でしばった古めかしい封筒《ふうとう》がいくつか束になって入っていた。

「何？　何かの手紙？」

亜紀《あき》が聞く。

絹江《きぬえ》は何も言わず、急いで紐《ひも》を解《と》いた。

そうとう古い手紙ばかりである。

「何なの⁇　あ、わかった！　お父《とう》さんったら、ラブレターでも隠《かく》してたんじゃないの？　お母《かあ》さんに言えないような人からの」

春江《はるえ》が笑いながら言うと、絹江《きぬえ》が手紙をあわてて金庫にもどし、ふたを閉《し》めてしまった。困《こま》ったような怒《おこ》ったような赤い顔で。

「やぁだ。冗談《じょうだん》よ！　お母さん。お父さん、そんなことできないの、お母さんが一番よく知ってるじゃないの。お父さんはお母さんにラブラブだったんだから！　で、でも……もしかして、うそ。本当に誰《だれ》かからのラブレターだったの？」

春江《はるえ》が重ねて聞くと、絹江《きぬえ》は一度だけはっきりとうなずいた。

「えええええ――――!?」

春江《はるえ》の甲高《かんだか》い声が庭に響《ひび》く。

「コッコッコココ、コケェーーッ」

その声にコッコも心臓《しんぞう》がつぶれるほど驚《おどろ》いたようで、バサバサと翼《つばさ》を羽ばたかせながら庭を走り回った。

元《げん》も大ショックだった。つまり、祖父《そふ》が誰《だれ》かからもらったラブレターを大事に、隠《かく》し持っていたってことだ。

でも、みんなの顔を見て、絹江《きぬえ》がパッと顔を赤らめた。

「うっふふふ。いやぁね。お父《とう》さんに限《かぎ》ってそんなことあるわけないいじゃない？」

「ええ?? 何よ、でも、ラブレターだったんでしょう？ それも、そうとう古いやつねぇ」

「そうよ。そうねぇ……五十五年くらい前のね」

「ひぁぁぁ……！ あ、も、も、もしかして……？」

春江《はるえ》が目をまん丸にし、絹江《きぬえ》を見た。

絹江《きぬえ》はクスクス笑いながら、再《ふたた》びうなずいた。

「そうなのよ。わたしからお父《とう》さんにあげたラブレターなのよ。あっはっはは。よくまぁ、こんな古いもの、持ってたわねぇ」

「なぁぁぁーんだぁ。もう！　お母《かあ》さんったら、脅《おど》かさないでよぉ」

春江《はるえ》は絹江《きぬえ》の膝《ひざ》をたたいた。

絹江《きぬえ》は金庫を大事そうに抱《かか》え、ケラケラと笑っている。

笑いじわがいっぱい寄《よ》った目尻《めじり》が光っている。

きっとうれし涙《なみだ》だろう。

（そっか……だからおじいちゃんはこんなに手のこんだ暗号を使ったんだな）と元《げん》は思った。

大切なものだけど、誰《だれ》かに見られると照れくさいから……。

ひとり事情《じじょう》がわからない亜紀《あき》が聞いた。

「ねぇねぇ、どういうこと？　なかに何が入ってたのぉ？」

「あぁ、あのね。ずーっとずーっと前、お母《かあ》さんもまだ生まれてない頃《ころ》にね。おばあちゃんがおじいちゃんにあげたお手紙が入ってたのよ」

「えええー？　それってラブレターだよね!?」

亜紀《あき》は大喜びだ。

「ちぇ、だからさっきからそう言ってるだろ？」

元《げん》が言うと、亜紀《あき》は口をとがらせた。

「ふんだ！　お兄《にい》ちゃん、そんな小さいことにこだわってたらねぇ。いつまでたっても、ラブレターなんかもらえないからね！」

「な、なんだよ！　うっさいなぁ。べ、別にラブレターなんかほしくない！」

売り言葉に買い言葉。

元《げん》が亜紀《あき》に突《つ》っかかると、彼女《かのじょ》は意地悪そうに見た。

「へぇえー！　じゃあ、夢羽《むう》ちゃんからのものもほしくないの？」

「え、ええええ⁇」

出《だ》し抜《ぬ》けの攻撃《こうげき》である。

夢羽《むう》は楽しそうに眉《まゆ》を上げ、元《げん》を見た。

元《げん》は急に何かがのどにつまってしまったようで、ゲホゲホと激《はげ》しく咳《せ》きこんだ。

「あっはは っっははは」

「おっほほほほ」

みんなの笑い声は春のうす青《あお》い空に弾《はじ》けた。

「コケコッコ――‼」

と、コッコも負けじと甲高《かんだか》い声をあげた。

するとどこからかまたのんびりしたウグイスの声も聞こえてきた。

「ホーホケキョッ！」

おわり

春《はる》のメッセージ

★銀杏《いちょう》が丘《おか》の調査《ちょうさ》

1

「あれ？　ねぇ、あれ、夢羽《むう》じゃない？」

瑠香《るか》に言われ、元《げん》は自転車のブレーキをかけた。

そういえばそうだ。

夢羽《むう》らしき人物はなぜか川のすぐ脇《わき》の側道まで下りていて、そこにしゃがみこんでいる。

ここは咲間川《さくまがわ》といって、元《げん》たちの住む銀杏《いちょう》が丘《おか》の中心を、西から東に流れる川である。

このあたりの両側には桜並木《さくらなみき》があり、あと半月もすれば、花見客でいっぱいになる。

気の早いことに、商店街のピンク色の提灯《ちょうちん》が桜の枝《えだ》にぶら下がってはいたが、今はまだ桜のつぼみは固《かた》く、川辺を歩くような人もいない。

桜並木《さくらなみき》のある側道より、三メートルほど下に川は流れているのだが、川の脇《わき》にもコンクリートの側道があった。

しかし、側道というのもおこがましいほど狭《せま》く、どう見たって危《あぶ》なっかしい。そこに夢羽《むう》がいるのだ。

春風がびゅうびゅうと吹《ふ》いているから、川面《かわも》は波立っているし、彼女《かのじょ》のボサボサの髪《かみ》は逆巻《さかま》いて、右を向いたり左を向いたりしていた。

それに、よく見ると、夢羽《むう》の隣《となり》にはラムセスもいた。

彼女が飼《か》っている猫《ねこ》だが、サーバル・キャットというエジプトの猫で、通常《つうじょう》の猫に比《くら》べるとかなり大きい。見事な斑点模様《はんてんもよう》があり、まるで小さな豹《ひょう》のようだ。

ラムセスも夢羽《むう》の隣で川面をのぞきこんでいる。

「夢羽《むう》！」

瑠香《るか》が大きな声で呼《よ》んだもんで、元《げん》はヒヤッとした。

「おい、やめろよ。急に呼んだりしたら危ないだろ！」

驚《おどろ》いて、万一川に落ちたりしたら大変じゃないか‼

しかし、夢羽《むう》は驚《おどろ》くこともなく、まして川に落ちることもなく、ゆっくり上を向いた。

そして、日差《さ》しを避けるため、目の上に手でひさしを作った。

夢羽《むう》の隣《となり》に座《すわ》っていたラムセスも同じようにこっちを見上げた。いや、手でひさしは作らなかったが。

「夢羽《むう》、そんなところで何してんのぉ⁉」

瑠香《るか》は両足を地面についたまま、自転車ごとズリズリと移動《いどう》しつつ、夢羽《むう》に聞いた。

「うん、ちょっと宿題」

夢羽《むう》の声は決して大きくない。

なのに、なぜかよく通る。

今も春風がびゅうびゅう吹《ふ》いているというのに、かき消されることもなく、きれいに届《とど》いた。

ほんとに、夢羽《むう》は春風によく似合《にあ》う。

こうしていると、まるで春の妖精《ようせい》のように見えるではないか。

「宿題？　そんなのあったっけ？」

瑠香《るか》が元《げん》に聞く。

元《げん》は首をかしげた後、夢羽《むう》に声をかけた。

「落っこちないよう気をつけろよ！」

「やだなぁ。元《げん》じゃあるまいし。夢羽《むう》がそんなかっこ悪いことするわけないじゃん！」

と、瑠香《るか》が笑う。

「なんだよ！　じゃあ、オレならかっこ悪いことしてもおかしくないってことかよ」

「誰《だれ》もそんなこと言ってないし！　あぁ、もう。めんどくさいなあ。男っていうのは」

瑠香《るか》が大げさに嫌《いや》そうな顔をする。

夢羽《むう》はニコニコしながら、こっちを見上げていたが、また川のほうを向いてしゃがみこんだ。

同時にラムセスも興味《きょうみ》を失ったような顔で、川面《かわも》に視線《しせん》をもどした。

川面にはちらほらと葉っぱが浮《う》かんでいて、春の日差しを受け、キラキラしていた。

瑠香《るか》はクラスメイトであり、元《げん》の幼《おさな》なじみでもある。

なんと保育園《ほいくえん》の頃《ころ》からの付き合いなのだから、人生のほぼ大半をいっしょに過《す》ごしていることになる。

なので、秘《ひ》めておきたい過去《かこ》の失敗などを全部知られていて、ピンポイントで思い出させてくれる手強《てごわ》い存在《そんざい》でもあった。

人付き合いを率先《そっせん》してやるほうではない夢羽《むう》にとって、一番親しい女子といったら、この瑠香《るか》になる。

性格《せいかく》も容姿《ようし》も正反対の彼女《かのじょ》たちだが、ケンカすることもなく、いつも仲良さそうにしている。

瑠香《るか》が夢羽《むう》のことを一目置いているせいかもしれない。

髪《かみ》をツインテールにし、でっかい目によく動く口、人一倍おしゃれな瑠香《るか》はクラスでも目立つ存在だ。

今日《きょう》は放課後、図書館に本を返しに行った帰りにばったり会い、そのままなんとなくいっしょに帰ってきたのだが。

夢羽《むう》が何をしているのか興味《きょうみ》があったので、元《げん》は自分も川の脇《わき》の側道まで下りていこうと思った。

そのようすを見て、瑠香《るか》が言った。

「元《げん》、夢羽《むう》のジャマしないほうがいいんじゃないの？」

「ジャマってなんだよ」

「べ、べっつにぃ〜！」

ん？　瑠香《るか》にしてははっきりしない言い方だ。夢羽《むう》が何をしているか知りたいのなら、自分たちも下りてみればそれですむ話なのに。だいたいすぐ首をつっこみたい瑠香《るか》なのに、ちょっと変だ。

……と、そこまで考えてわかった。

「江口《えぐち》。おまえ、もしかしてあのハシゴ下りられないんだろう？」

と、元《げん》が指さしたのは、川の脇《わき》の側道に下りていく鉄のハシゴである。サビだらけで、いかにも危《あぶ》なっかしいし汚《きたな》い。

「高いとこが苦手なわけじゃないけど、あのハシゴは遠慮《えんりょ》したいな」

瑠香《るか》は肩《かた》をブルッとすくめてみせた。

「よくあんなとこ、下りてったなぁ、夢羽《むう》は。猫《ねこ》のラムセスならわかるけどね。元《げん》こそ落ちないでよ」

「ふん、だいじょうぶだよ」

「じゃ、わたし、ピアノのレッスンがあるし、先に行くよ。明日《あした》、学校でね！　夢羽《むう》、気をつけてねー！」

瑠香《るか》が声をかけると、川の横にしゃがんでいた夢羽《むう》がまた上を見て、手を振《ふ》った。

2

元《げん》は瑠香《るか》が自転車で坂道を下りていくのを横目で見送りつつ、自転車を道路の脇《わき》に置いた。

そこには、達筆で「ここは川を愛《め》でる場所です。自転車置き場ではありません」と書かれた看板《かんばん》があった。

ま、ずっと置いておくわけじゃないしな。

元《げん》は心のなかでそう言った。そして、ブロック塀《べい》を乗《の》り越《こ》え、川の側道に下りるハシゴを恐《おそ》る恐る見た。

ひぇえ。

ほんとに、こんな危《あぶ》なっかしいハシゴ、よく下りる気になったなぁ。

元《げん》や夢羽《むう》みたいな子供《こども》はまだいい。

これが体重の重い大人《おとな》だったら、折れてしまうかもしれない！

サビだらけのハシゴに手をかけ、一歩下りてみる。たいして高くもないのに、下り始めてから後悔《こうかい》した。

かなり怖《こわ》いじゃないか！

こんなとこ、下りたりしちゃ絶対《ぜったい》だめだって、両親や先生に何度も言われてたのに。

夢羽《むう》がやってると、どうしても自分だってと張《は》り切ってしまう。

変な汗《あせ》が首筋《くびすじ》に流れるのがわかった。

くそぉ、こんなことで、ビビッてるのが夢羽《むう》にわかったらかっこ悪いぞ。

元《げん》は深呼《しんこ》吸《きゅう》をし息を整えてはハシゴを一段一段下りていく。

しかし、その時、びゅううぅっと春風が吹《ふ》いた。

「あああぁあああ‼」

なんてことだ。

一段《だん》、ハシゴを踏《ふ》みはずしてしまったではないか‼

だけど、次の瞬間《しゅんかん》。元《げん》は、さらにものすごく恥《は》ずかしい思いをした。

なんと、その一段というのがハシゴの一番下だったたからだ！

つまり、たった一段踏みはずしただけだったのに、あんな情《なさ》けない声をあげてしまったとは。

な、な、なんだよぉぉ。

脅《おど》かしやがって。

ハシゴを恨《うら》めしそうににらみ、ハッと気づいて、夢羽《むう》のほうを見た。

しかし、彼女《かのじょ》はこっちを見てもいなくて、川を見入るばかりだった。

ふうぅ。

危《あぶ》ない危ない。

こんなかっこ悪いとこ、見られてたら……。

元《げん》は額《ひたい》に浮《う》かんだ汗《あせ》を手の甲《こう》でぬぐい、息を整えようとしたが、もう一度悲鳴をあげてしまった。

な、な、なんと。

元《げん》の足と足の間に、いつの間にかラムセスがいたからだ！

彼《かれ》はちょうど8の字を描《えが》くように、元《げん》の足にまとわりつき、背中《せなか》を弓のように丸め、元《げん》の足にこすりつけながら「にゃぁ〜」と鳴いた。

ったく、ったく！

脅《おど》かさないでくれよぉ。

今度こそ気を取り直し、夢羽《むう》のほうに歩いていった。

「何やってるんだ⁇　宿題って聞こえたけど？」

夢羽《むう》の横に行き、元《げん》もしゃがみこんだ。

彼女《かのじょ》はパッと振《ふ》り向き、驚《おどろ》いた顔をした。

「あぁ、びっくりした。元《げん》か……」

「え⁇　あはは、いやぁ、ちょっと何してんのかなと思って。ジャマなら帰るけど」

「いや、別にジャマなんかじゃないけど。ちょっとね。川の調査《ちょうさ》をしてるんだ」

夢羽《むう》はにっこり笑ってくれた。

なんだなんだ。

彼女《かのじょ》は元《げん》がハシゴを下りてきたことすら気がつかなかったのである！

ちぇ、何の興味《きょうみ》もないんだな、オレには。

変なことで落ちこんでしまう。

こっちが夢羽《むう》のことならなんでも気になってしまうのに比《くら》べ、なんという差だろう。

というよりも、今は川の調査とやらに夢中《むちゅう》なんだろうな。

夢羽《むう》はあることに夢中《むちゅう》になると、他のことにまったく頭がいかなくなるらしい。元《げん》だって冒険《ぼうけん》ものの本を読んだりしていると、そういうふうになることもある。

ちょうど今はジュール・ヴェルヌという人の書いた『十五少年漂流記《ひょうりゅうき》』という本を読んでいるのだが、ハラハラドキドキするようなシーンがあって、母親が何度ご飯だと叫《さけ》んでも、聞こえないことだってあった。

だから、夢羽《むう》の今のような状態《じょうたい》だって、わからないではないんだけど。

「で？　何の調査《ちょうさ》？」

元《げん》に再《ふたた》び聞かれ、夢羽《むう》は「ああ……」と、足元を指さした。小さな箱に細い紐《ひも》がついていて、それが川へと続いていた。

元《げん》はその先を目で追ってみる。

川の上には、小さなピンポン玉のようなものが浮《う》かんでいて、川の流れや風にゆれている。

「浮き⁇　なんだ、釣《つ》りでもやってるの？」

「いや、違《ちが》うよ。これで川の潮力《ちょうりょく》……と言うのかな、流れるスピードを測《はか》ってるんだ。

あとは水かさをね。記しておこうと思って」

「ふうん。そんなの宿題であったっけ？」

「うん。総合《そうごう》の宿題であっただろ？　銀杏《いちょう》が丘《おか》について調べるとか……」

そこまで聞いてやっと思い出した。

そういえばそうだ。自分の街《まち》……銀杏《いちょう》が丘《おか》のことについてなんでもいいから調べてみるということだった。

明日《あした》から班《はん》ごとで調べることになっていて、明日までに調べたい内容《ないよう》をそれぞれ考えてくるっていうことになっていたはずだ。すっかり忘《わす》れていた！

「この川、場所によって、流れるスピードも違《ちが》うし、水かさも違うんじゃないかと思ってね。といっても、このあたりはすごく浅いけど」

「そっかぁ。すごいな！　そんなに真剣《しんけん》に宿題やったことないし」

元《げん》が心から感心すると、夢羽《むう》は少し恥《は》ずかしそうに笑った。

ひやぁぁ！　そのかわいらしいこと!!

「で、でも、いいかもしれないな！　そっかぁ、この川について調べるのはいいよ。オレもそう提案《ていあん》していいかな？」

元《げん》はついつい顔がにやけてしまいそうになるのを必死に耐《た》え、聞いた。

夢羽《むう》は例のかっこいいシステム手帳に何かを書きこみながら、うなずいた。

「もちろんだ。どうせいっしょの班《はん》だし」

元《げん》と夢羽《むう》は隣《となり》同士の席なので、いつも同じ班だった。

「でも、水かさって、雨が降《ふ》ったり降らなかったりでも変わるよな？」

「ああ、そうだね。最近はあまり雨が降らないから、水かさも少ないようだけどね。でも、今晩《こんばん》くらい雨になりそうだ……」

と、夢羽《むう》は空を見上げた。

川の両側の桜並木《さくらなみき》は、満開になると、空がうすピンク色に染《そ》まるほど見事である。

その桜の枝《えだ》が両側から川へとせり出しているのだが、今は枝と枝の隙間《すきま》からまぶしい青空が見えた。

風は強いが、天気はいい。

雨になる気配はまるでなかった。

だが、雨が降《ふ》るのを予想したのか、ラムセスは前脚《まえあし》で顔をしきりに洗《あら》っていた。

3

ラムセスの予想は見事的中し、夜半《やはん》になり、滝《たき》のような雨が降り始めた。

雨は夜明けまで降り続いたが、元《げん》たちが登校する頃《ころ》にはすっかり晴れ上がり、ムワッと蒸《む》し暑いほどになった。

薄着《うすぎ》で出かけようとする元《げん》の首根っこを母の春江《はるえ》がつかみ、

「バカ！　半袖《はんそで》でどうするの！」

と、怒《おこ》った。

「だって、暑いしぃ」

口をとがらせる元《げん》にトレーナーを押《お》しつけた。

「いいから！　とりあえずそれを持っていきなさい。まったく、何年、人間やってんだか！」

その隣《となり》、赤いランドセルを背負《せお》った妹の亜紀《あき》がクスクス笑う。

「お兄《にい》ちゃん、人間じゃなくって、サルなんじゃないのー？」

「ふん！　だったら、おまえはサルの妹だな」

「え――!?　やだよ。お兄ちゃんだけもらわれっこなんだよ。動物園からの！」

「うっせぇ!!」

ひとしきり兄妹ゲンカ（というよりサルの兄妹のじゃれ合い？）をし、母に「とっと行きなさーい！」とどやしつけられ、ようやく登校したのだが……。

元《げん》たち、五年一組の教室は三階にある。

階段《かいだん》を一段抜《ぬ》かしで上っていくと、教室前の廊下《ろうか》、窓《まど》のすぐ脇《わき》に、小林聖二《こばやしせいじ》と大木《おおき》登《のぼる》がいた。

大木《おおき》は学校一大きな体の持ち主である。

大木《おおき》はその大きな体に似合《にあ》わず、肩《かた》を落とし、しょげかえっていた。

理科のノートがもどされたのだが、先生にケチョンケチョンに書かれていたからだ。

赤いボールペンで事細かに、すべての項目《こうもく》について、

「まるでなってない」

「ヘタクソ！　ちゃんと読めるように書きなさい」

「これでは意味がない」

「小学一年生からやりなおしたほうがいいんじゃないか」

「これでは卒業できそうにない」

「勉強不足なのは明きらかだ」……などなど。


「ひぇぇ、ひどいなぁ」

と、ノートを見せてもらった元《げん》がうめくように言うと、小林《こばやし》も首を左右に振《ふ》った。

「いくらなんでもひどいな、これは。それに、ここまで言われるほどの間違《まちが》いじゃないぜ？　ま、たしかに間違ってはいるけどね」

小林《こばやし》はクラスで一番頭がいい。ついでに顔もいい。

その小林《こばやし》に言われ、大木《おおき》は泣きそうな顔でうなずいた。

理科の授業《じゅぎょう》……といっても、ふだんは担任《たんにん》の小日向先生《こひなたせんせい》が担当《たんとう》しているのだが、今だけ、加藤道也《かとうみちや》という教育実習の先生が担当していた。

まだ大学生で、先生になる資格《しかく》を取るため、二週間ほど、実際《じっさい》の教育現場《げんば》で教えたり作業をしたりという体験をするのだ。

だが、この加藤道也《かとうみちや》という教育実習生。

張《は》り切り過《す》ぎているのか、少し変わっているのか、必要以上に厳《きび》しく、おっかない。

担任の小日向《こひなた》先生がのんびり、ほんわかムードの先生なので、よけい目立った。

「はははは。それに、先生自身が間違《まちが》ってるぜ」

と、小林《こばやし》が指さした。

「ほら、『明きらか』って書いてあるけど、本当は『明らか』だろ？　送りがな、自分も間違えてる。ふん、こんなの気にすることないよ」

「そっかぁ……でもなぁ……」

大木《おおき》が頭をかいた時だ。

と、突然《とつぜん》、

「おい！　もう学活が始まるぞ。早く教室にもどりなさい！」

背中《せなか》から大声で言われ、三人は飛び上がりそうになった。

振《ふ》り返ると、そこには話題の加藤道也《かとうみちや》が立っていた。

小学生とほぼ変わらない小柄《こがら》な体に四角い顔。色白だから、ひげそりあとが青々と目立っている。

七・三に分けたまっ黒の髪《かみ》が堅《かた》そうで、黒縁《くろぶち》の眼鏡《めがね》とあいまって、生真面目《きまじめ》そうな印象を受ける。

小学校で一番大きな大木《おおき》より、あきらかに小さい加藤《かとう》は、彼《かれ》を見上げ、黒々とした眉《まゆ》を上げた。

「ほら、とっとと教室にもどりなさい。まったく、図体が大きいと動きがのろいからな！」

元《げん》はその言い方にムカッとした。

何か言い返したいが、その言葉が浮《う》かんでこない。

「いいよ。相手にすんな、行こう行こう」

小林《こばやし》が小声で元《げん》に言い、教室のなかに入るよううながした。
くそぉ！　あったまくる。
元《げん》はほっぺをふくらませ、加藤《かとう》を振《ふ》り返って見た。
彼《かれ》は他の遅《おく》れてくる生徒たちをどやしつけるので忙《いそが》しそうだった。
元《げん》は、そのキンキンした声を聞くだけで、イライラした。

4

「では、それぞれの班《はん》に分かれて、調べる内容《ないよう》をまとめなさい。後で発表してもらうんだからな。図に描《か》いたり、絵や写真を利用できるように、最初から考えておくこと。いいな!?　何か質問《しつもん》はあるか？」

担任《たんにん》の小日向《こひなた》先生は、ずんぐりむっくりの体にぽよっとした顔、つぶらな瞳《ひとみ》。プー先生という、ほんわかしたあだ名がピッタリである。実はオナラをするからついたあだ名だという噂《うわさ》もあるが。

「はいはいはーい！」

小ザルのような身のこなしでピョンと椅子《いす》の上に立ち、細い腕《うで》をあげておどけてみせる生徒がいた。

島田実《しまだみのる》である。

なぜか委員長をやっている河田一雄《かわだかずお》、童顔の山田一《やまだはじめ》、この三人で、「バカ田《ダ》トリオ」と呼《よ》ばれている。

「こら、椅子の上に立たなくてもいい」

プー先生は苦笑いしながら言ったのに、例の加藤《かとう》は小走りにやってきて、島田《しまだ》をグイッと押《お》さえつけた。

「ふざけるな！　そんなことして、他の生徒の迷惑《めいわく》になるだろう!?　もう一年生じゃないんだから、ちゃんとしろっ！」

よほど強い力で押さえつけたんだろう。

島田《しまだ》は「い、いてててっ！」と大きな声をあげた。

「まったく。大げさな声、あげて！」

と、加藤《かとう》がまたまた怒鳴《どな》る。

クラスのみんなはあっけに取られていたし、プー先生もどうしたもんだろうという顔で眺《なが》めていたが、島田《しまだ》がおとなしく席についたところで言った。

「まぁまぁ、加藤《かとう》先生。その辺で許《ゆる》してやってください。ほら、それで？　島田《しまだ》、質問《しつもん》はなんだ？」

しかし、島田《しまだ》は口をとがらせた。

「あんまり痛《いた》くて忘《わす》れちまったよ！」

すると、またまた加藤《かとう》がギロッとにらみつける。

島田《しまだ》はまた肩《かた》をつかまれるか、頭をゴツンとやられるかと、反射的《はんしゃてき》に首をすくめた。

プー先生の手前もあったのか、加藤《かとう》はそのまま引き下がったが。

しかし、みんなは知っていた。プー先生がいなかったら、きっともう一発か二発、来てるはずだと。

どうも加藤《かとう》は教育指導《しどう》のためなら、体罰《たいばつ》もしかたないという主義《しゅぎ》の持ち主らしく、大声や力で押《お》さえつけようとする傾向《けいこう》にあった。

だから、生徒たちも次第《しだい》にけむたく思い、最近は近づく者もいなくなった。

「ちぇ、他のクラスの教育実習の先生はいいよなぁ！　最近のテレビにもくわしいし、いっしょに遊んでくれたりするってさ」

「そうそう。あとさ、二組の女の先生、すっごい美人だろ？」

「うんうん。モーニングショーのお天気お姉《ねえ》さんにそっくりなんだよな」

「あぁーああ、なんで、うちのクラスはあんなのが来るんだよ」

生徒たちはヒソヒソと噂《うわさ》し合った。

だが、こういう不運は、人生にはよくあることだ。

しかたないなとあきらめるしかないことも、よくわかっている。

班《はん》に分かれ、総合《そうごう》学習の研究課題について話し合いを始めたのだった。

ちなみに、元《げん》の班はいつも通り夢《む》羽《う》、瑠《る》香《か》、小林《こばやし》、大木《おおき》の五人である。

「いいんじゃないか？　咲間《さくま》川《がわ》の調査《ちょうさ》だろ？　水質《すいしつ》調査やったり、川幅《かわはば》測《はか》ったり。図を描《か》いたり写真撮《と》ったりもできるしさ。すごくいいと思う」

夢羽《むう》の提案《ていあん》に小林《こばやし》も賛成《さんせい》した。

「そっかぁ……わたしは峰岸刑事《みねぎしけいじ》のとこに取材に行ったらどうかなって思ったんだよね。銀杏《いちょう》が丘《おか》で起こった事故《じこ》のことや事件《じけん》を聞いたり、それに対しての安全対策《たいさく》とかを取材するの」

と、瑠香《るか》が別の案を言いだした。

「そうかぁ。ま、それもいいな。せっかく峰岸刑事《みねぎしけいじ》と知り合いなんだから」

小林《こばやし》は瑠香《るか》の案も大いに認《みと》めた。

「でしょう？　いいと思うのよねぇ！　それに、咲間川《さくまがわ》の水質調査《すいしつちょうさ》とかいうとさ。川の近くまで下りていったりして、危《あぶ》なくない？」

「川の近くまで下りていくって、どういうこと？」

大木《おおき》はちょっと不安そうな顔で聞いた。

「それがね……」

と、瑠香《るか》が話そうとした時、その腕《うで》を小林《こばやし》がつかんだ。

「え？」

横目で見る。

事情《じじょう》がすぐにわかった。

加藤《かとう》がそれぞれの班《はん》のようすを見て回っていたのだが、ちょうどこっちに近づいてきていたからだ。

彼《かれ》のことだから、また危《あぶ》ないことをしているとかなんとか難癖《なんくせ》をつけてくる可能性《かのうせい》がある。

「えーっと、じゃあ、咲間川《さくまがわ》について調べるんでいいよね⁉」

瑠香《るか》がわざとらしい声でみんなに聞いた。

「え？　いいの？　峰岸刑事《みねぎしけいじ》に取材しなくて」

元《げん》が聞くと、瑠香《るか》は肩《かた》をすくめてみせた。

「いいよ、別に。ま、そんな口実なくたって、彼《かれ》とはメル友だしぃ！」

現職《げんしょく》の刑事とメル友の小学生か……。さすがである。

もちろん、元《げん》も大木《おおき》も異論《いろん》はないわけで。

元《げん》たちの班《はん》は、「咲間川《さくまがわ》についての調査《ちょうさ》」をすることに決まりかけた。

だが、思わぬ妨害《ぼうがい》にあってしまった！

5

他《ほか》には、銀杏《いちょう》が丘銀座《おかぎんざ》……略《りゃく》してギンギン商店街のことを調べる班《はん》やら、銀杏《いちょう》が丘《おか》の歴史を調べる班やら、神社やお寺のことを調べる班などがあった。

「咲間川《さくまがわ》を調べるだとー？　へん、落ちるなよ！」

などと最初は言っていたバカ田《ダ》トリオだったのに、元《げん》たちの話を聞いていくうち、自分たちもやりたくなってしまったんだろう。

なんと、

「オレたちが咲間川《さくまがわ》を調べる！」

と、言いだした。

「何よ。わたしたちのほうが先なんだから、マネしないでよ！」

瑠香《るか》が怒《おこ》っても、河田《かわだ》は眉《まゆ》を上げ、意地悪そうに反論《はんろん》した。

「へぇーへぇー！　こういうのは早い者勝ちなのかよ！　それに、同じテーマで調べるのはダメだとか、そんなの、いつ決まったんだよ。何時何分何秒に？　ふん、いいぜ。だったら、プーに聞いてくる」

「あ、あ、あのねぇぇ！」

などとにらみ合っていると、またまた加藤《かとう》がやってきた。

「どうしたんだ⁉　静かにしなきゃ他の生徒の迷惑《めいわく》になるだろう？」

と、不機嫌《ふきげん》そうに言った。

「それがですねぇ。オレたち、咲間川《さくまがわ》のことについて調べたいって思ったのに、江口《えぐち》が難癖《なんくせ》をつけてきたんですよぉ。自分たちも調べるつもりだったから、マネするなって。別にマネするつもりじゃなくて、偶然《ぐうぜん》同じだっただけなんですけどねぇ～」

河田《かわだ》の言い方に、元《げん》まで腹《はら》が立ってくる。

しかし、それより腹が立ったのが、加藤《かとう》の言い方だった。

「はぁ……まったく。なんて低次元なんだ。だから、公立の生徒は」

また出た！

これには河田《かわだ》もうんざりした顔になった。

いや、そこにいた生徒たち全員、嫌《いや》な気分で加藤《かとう》を見た。

彼《かれ》は自分の出た学校のことをよく自慢《じまん》する。隣町《となりまち》にある私立《しりつ》の小中高一貫《いっかん》校、楓陽館《ふうようかん》の出身で、今のように「やっぱり公立は」とか「公立の生徒は品がない」などと大っぴらに言い、みんなの反感を買っていたのだ。

しかし、加藤《かとう》はそんなことは気にせず……というより、わかってない感じだ。

うんざりした顔で瑠香《るか》に言った。

「別に調査《ちょうさ》するテーマがいっしょだっていいんだ。それぞれの切り口があるだろうし、一生懸命《いっしょうけんめい》、班《はん》で調べて発表する。それが大切なんだからな。同じことを調べるのが嫌《いや》だなんてワガママなこと言ってないで、もっと友達《ともだち》のことを広い気持ちで受け入れることが重要なんだぞ」

「んもー！　なんなのよ、あいつ‼」

微妙《びみょう》に違《ちが》うところで、なんだか偉《えら》そうに諭《さと》されてしまった瑠香《るか》は怒《いか》りが収《おさ》まらない。

「あんなやつに『友達《ともだち》』のこととか言われたくないもん。きっとねぇ、自分こそ絶対《ぜったい》友達とかいないタイプだよ！」

「そうだなぁ。そんな気はするけど、まぁいいじゃん」

元《げん》が言うと、瑠香《るか》はツインテールの髪《かみ》をぷるんぷるんと振《ふ》った。

「そんなにバカにするんなら、公立の学校に教育実習なんか来ないでほしいよ。あー、むかつく。おさまんない‼　あぁぁぁぁあああ‼」

「そう言われたってさぁ！」

まったく。こうなると、女は……というか、瑠香《るか》はどうにも始末に負えない。

元《げん》が閉口《へいこう》していると、小林《こばやし》が助け船を出してくれた。

「私立《しりつ》の学校に就職《しゅうしょく》するんだって、資格《しかく》は必要だからね。でも、きっとあんなんじゃ、私立でもすぐ辞めさせられちゃうよ。私立はその点厳《きび》しいからねぇ。生徒や親に人気がないとたちまち辞めさせられるっていうし。だからさ、いいんだよ。相手にするだけエネルギーの無駄《むだ》だって。それより研究テーマどうする？」

「うーん、やつらといっしょなのは頭くるけど、だからといって、わたしたちが別のテーマに変えるのもイヤだな。せっかく夢羽《むう》が下調べまでしてくれたのに」

するとと、ずっと黙《だま》ってシステム手帳を見ていた夢羽《むう》が顔を上げた。

「別に同じテーマでもいいよ。別の川を調べればいい」

「別の川？」

「そう。ほら……」

と、銀杏《いちょう》が丘《おか》の地図を広げ、白くて細い指である川をたどった。

「この並浪川《なみなみがわ》っていう川。こっちを調べてみないか？」

「並浪川《なみなみがわ》かぁ！」

それは、東隣《ひがしどなり》の楓町《かえでまち》との境目《さかいめ》あたりを流れる川である。

咲間川《さくまがわ》と同じく、川の両側には桜並木《さくらなみき》が続いていて、上流には桜坂《さくらざか》公園という大きな公園がある。

銀杏《いちょう》が丘《おか》も小山になっているが、楓町《かえでまち》も同じような地形になっていて、安岐山《あきやま》と呼《よ》ばれる小高い山があった。その中腹《ちゅうふく》に桜坂《さくらざか》公園があり、そこにある池に、並浪川《なみなみがわ》からの支《し》流《りゅう》がつながっていた。

源流《げんりゅう》は今見ている地図には載《の》っていなかった。

「きっとこの……安岐山《あきやま》のどこかだと思うけどね」

夢羽《むう》が言うと、瑠香《るか》はすっかりその気になった。

「いいね！　その源流を探《さが》しに行くのも‼　銀杏《いちょう》が丘《おか》のほうにあるといいけど」

「ま、いいんじゃないか。それはどっちでも」

と、小林《こばやし》も乗り気だ。

「ふんだ！　同じ川の調査《ちょうさ》だって、こっちのほうがずっとすごいんだからね！」

瑠香《るか》の言い方があまりに子供《こども》っぽかったので、思わずみんな吹《ふ》きだしてしまった。

彼女《かのじょ》も自分でおかしくなったんだろう。いっしょになって笑いだした。

だが、小林《こばやし》がふと真顔《まがお》になり、大木《おおき》に言った。

「でも、さっきの理科のノートはひどすぎると思う。オレもいっしょに行くから、プー先生に報告《ほうこく》しよう」

「え？」

大木《おおき》はびっくりした顔になった。

「ああ、あれだろ。うんうん、オレもそのほうがいいと思う。いいよ、いっしょに行こう」

元《げん》も言うと、瑠香《るか》が「なになに？　何の話？」と首をつっこんできた。

小林《こばやし》が事情《じじょう》をかいつまんで話し、大木《おおき》の理科のノートを瑠香《るか》や夢羽《むう》にも見せた。瑠香《るか》は露骨《ろこつ》に嫌《いや》な顔になり、他のクラスメイトを怒《おこ》っている加藤《かとう》をにらみつけた。

「ほんと、頭くる！　あんな先生、生徒にも親にも人気ないんだから！」

★メッセージボトル

1

　授業《じゅぎょう》が終わってから、小林《こばやし》と元《げん》は、大木《おおき》につきあって、教壇《きょうだん》にいるプー先生のところへ行った。最初、加藤《かとう》がいたのでなかなか本題を切りだせないでいたが、やがて彼《かれ》が教室を出ていったのでようやく話ができた。

　プー先生はいつもの穏《おだ》やかな笑顔《えがお》を引っこめ、大木《おおき》のノートを無言で見ていたが、

「ちょっとこれをしばらく預《あず》からせてくれるか？」

と、大木《おおき》に聞いた。

「え、う、うん、いいけど……」

「ま、ちょっと話してみるよ。彼も悪気じゃないと思うんだ。勉強熱心で、いつも教育《きょういく》論《ろん》の本を読んだりしているからね。最近、公立の小学校でも学級崩壊《ほうかい》があるというのを

聞いて、張《は》り切《き》りすぎてるようだ。大木《おおき》、放課後まで貸《か》しておいてくれないか？」

「はい。わかりました」

というわけで、そのことは頭のなかから消えた。

何せ、今は並浪川《なみなみがわ》を調査《ちょうさ》することで頭がいっぱいだったからだ。

「絶対《ぜったい》負けられないよ！　あんなバカ丸出しトリオに！」

瑠香《るか》は何かとバカ田《ダ》トリオと反目している。

彼《かれ》らも、この年頃《としごろ》の男子にありがちの単純《たんじゅん》さとしつこさで、瑠香《るか》を目の敵《かたき》にしていて、いつでも足を引っかけようとしたり、間違《まちが》えたふりをして頭をたたいたり。

それが愛情《あいじょう》表現《ひょうげん》の一種なんだと気づくには、お互《たが》い、少なくともあと十年くらいはかかるだろう。


給食を食べた後、班《はん》ごとに、それぞれ調べる内容《ないよう》に応《おう》じて、銀杏《いちょう》が丘《おか》の街《まち》に散っていった。

ギンギン商店街にひとり、咲間《さくま》川《がわ》の中間あたりにひとり、駅にひとり、国道にひとり、先生が立ち、生徒たちが何か困《こま》ったら相談を受けることになっている。

並浪川《なみなみがわ》は、銀杏《いちよう》が丘《おか》の東を、北から南に流れる川で、咲間川《さくまがわ》とは下流のほうで合流している。大きな川となり、海へと続いているのが並浪川《なみなみがわ》だから、咲間川《さくまがわ》は並浪川《なみなみがわ》の支《し》流《りゆう》だということだろう。

それがわかると、瑠香《るか》は胸《むね》を張《は》った。

「ふん！　こっちのほうが本流なんだからね。そっちは支流なんだから！」

しかし、バカ田《ダ》トリオの班《はん》はとっくに出発しているので、反論《はんろん》する者は誰《だれ》もいなかった。

元《げん》たちの通う銀杏《いちよう》が丘《おか》第一小学校から、川下に向かって、咲間川沿《さくまがわぞ》いに歩いていく。

どうやらバカ田《ダ》トリオは川上のほうを調べに行ったらしく、川下のほうを歩く子供《こども》たちの姿《すがた》は見えなかった。他の生徒たちもさっさと目的地に向かったらしい。

緩《ゆる》やかに蛇行《だこう》していく川がギンギン商店街に差しかかる頃《ころ》、ようやく他の生徒たちの姿《すがた》を見つけた。

「あ、瑠香《るか》ちゃん！」

伸《の》び上がって手を振《ふ》っているのは、瑠香《るか》と仲のいい高橋冴子《たかはしさえこ》だ。

他《ほか》に、ピアノの上手《じょうず》な内田里江《うちだりえ》や竹内徹《たけうちとおる》、佐々木雄太《ささきゆうた》たちもいた。

彼《かれ》らは体育教師《きょうし》の水谷《みずたに》と話をしていた。

水谷《みずたに》は、「筋肉先生《きんにく》」というあだ名があるくらいで、筋肉モリモリなのが自慢《じまん》らしい。

いつもジャージの上下を着ていて、それ以外を着ている姿《すがた》を元《げん》たちは想像《そうぞう》できなかった。

もちろん、今もジャージ姿である。

上下白いジャージでサイドに紺色《こんいろ》のラインがついている。

「おう！　瑠香《るか》たちか。おまえらもギンギン商店街か？」

左手を腰《こし》に、右手をあげて、水谷《みずたに》が大声で聞く。

「違《ちが》いまーす。並浪川《なみなみがわ》を調べに行くんですー」

「ふーん。学校を出発する時、島田《しまだ》たちもそんなこと言ってたぞ？」

「いえ、彼《かれ》らは咲間川《さくまがわ》です。わたしたちは並浪川《なみなみがわ》、こっちのほうが本流なんですよ！」

「ふーん……」

水谷《みずたに》はたいして興味《きょうみ》がなさそうだ。

片腕《かたうで》を曲げストレッチしたり、首をコキコキいわせたりしている。

「でもさぁ、あの川って隣《となり》の楓町《かえでまち》を流れてる川なんじゃない？」

と、冴子《さえこ》が聞いてきた。

「ううん、そういうわけでもないらしいよ。ちょうど境目《さかいめ》あたりを流れてるけど、川はあっちこっちに曲がってるしね。川のこっち側なのに楓町《かえでまち》のとこもあるし、逆《ぎゃく》に、川の向こう側なのに銀杏《いちょう》が丘《おか》ってところもあるんだって」

地図を見せて瑠香《るか》が説明すると、冴子《さえこ》は「へぇー！」と感心した。

「やっぱりこうして調べてみないとわからないこと多いんだね」

「うんうん。冴子《さえこ》たちは商店街の何を調べるの？」

「まず、お店の種類だよ。で、何屋さんが何軒《なんけん》あって……ってそういうのを調べるんだ。あとは商店街の歴史かな。ヤオナガのおじさんがインタビューに答えてくれるって」

「ヤオナガ」とは八百屋《やおや》で、おじさんの長井《ながい》さんは子供《こども》たちに人気《にんき》がある。

「そっか。じゃあ、頑張《がんば》ってね！」

「うん、瑠香《るか》たちもね！」

お互《たが》いに励《はげ》まし合い、ふたつの班は分かれた。

今日《きょう》はずいぶん暖《あたた》かい。

むしろ、むあぁーっと暑い感じだ。

「暑いなぁ。夏みたいだぁ！」

大木《おおき》が汗《あせ》をハンカチで拭《ぬぐ》い、パタパタと顔を扇《あお》いだ。

「昨日《きのう》、大雨が降《ふ》ったからな。フェーン現象《げんしょう》みたいだな」

と、小林《こばやし》が言った。

雨が降った後の木々は青々として、目にまぶしいくらいきれいだ。

「フェーン現象って何？」

大木《おおき》が聞くと、小林《こばやし》が首をかしげながら説明した。

「うーん、オレもそんなにくわしくはないけど。たしか、山の斜面《しゃめん》を湿《しめ》った空気が昇《のぼ》っていく時に空気が冷えて、雨になって降るんだけどさ。その風が反対側の斜面を下りていく時、乾《かわ》いた空気が暖まってしまうんで、すっごく暑くなることをいうんだと思う」

「ふぇぇー！　よくわからないけど……」

「そっか。ごめん！」

小林《こばやし》は素直《すなお》に謝《あやま》った。

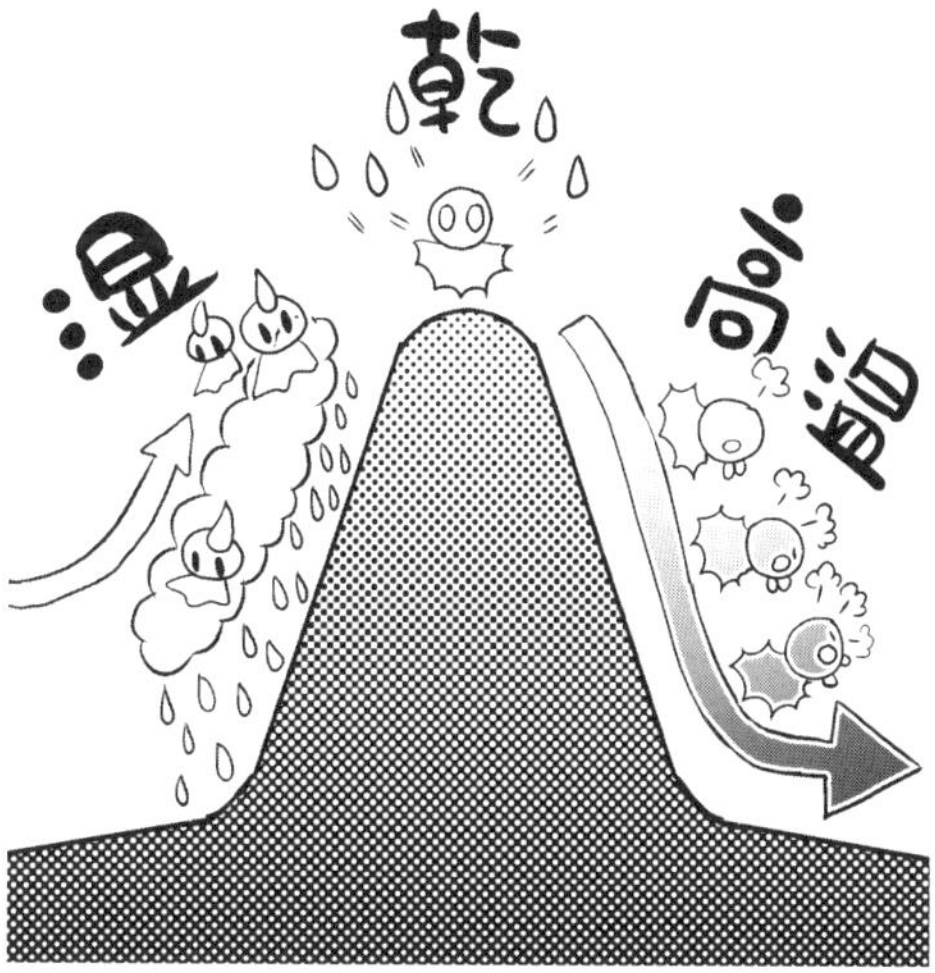

「茜崎《あかねざき》のほうがくわしいんじゃないか？」

そう言われ、夢羽《むう》は首をかしげつつ、システム手帳を広げた。

「図に描《か》いてみると、わかるかもしれないな」

そして、山の絵と、その山に吹《ふ》きつける風などを描きこんでいった。

「でも、なぜ山を上昇《じょうしょう》すると、空気が冷えるんだ？」

大木《おおき》が聞くと、瑠香《るか》も隣《となり》でウンウンとうなずいた。

「それは、高度が上がると温度が下がるからだよ」

と、小林《こばやし》。

「じゃあ、なんで高度が上がると温度が下がるの⁉　だって太陽に近いじゃん！」

瑠香《るか》の質問《しつもん》に、小林《こばやし》は頭をかき、助けを求めるようにまた夢羽《むう》を見た。

夢羽《むう》は肩《かた》をすくめた。

「太陽に近いって言っても、地球から太陽までの距離《きょり》と、ここから山の頂上《ちょうじょう》までの距離とじゃ比較《ひかく》にならないからね。関係はないよ。それより、太陽は地面を温めるだろ？その地面の面積が広いほうが暖《あたた》かいんだ」

「でもさ、山のテッペンだって地面あるよ？」

「そんなにないよ」

「え⁇」

「だって、ほら……」

と、夢羽《むう》はシステム手帳の一ページをバインダーからはずし、円錐形《えんすいけい》に丸めてみせた。

「平地より地面少ないよ。だから、周りの空気に熱を奪《うば》われてしまうんだ」

「あ、そっかぁ」

「うん、それに、空気は暖《あたた》かいと膨張《ぼうちょう》して上へと行く。上へ行く時、ついでにいろんなものを温めながら行くからね。それで、熱取られちゃって、結果、温度は下がってしまうというわけ」

「そっかぁ‼　そう言われればわかるような、わからないような」

「ちぇ、なんだよ。結局、わからないんだろ」

元《げん》がつっこむと、みんな大笑いした。

2

そんなことを話しながら歩いているうちに、並浪川《なみなみがわ》に到着《とうちゃく》した。

鳴宮橋《なるみやばし》という橋がかかっていて、制服《せいふく》を着た小学生が歩いている。

一目で、この橋を渡《わた》ったところにある楓陽館《ふうようかん》の生徒たちだとわかる。

「かわいい！」

おしゃれな瑠香《るか》の目がハートになる。

楓陽館《ふうようかん》の制服《せいふく》はかわいいことで有名だ。

女子は、後ろがセーラーカラーになった大きな襟《えり》付きの白いブラウスの上に紺色《こんいろ》の短いジャケットを着て、おそろいの帽子《ぼうし》をかぶり、ランドセルまでおそろいだ。

男子も紺色のジャケットを着て、やっぱり帽子をかぶっている。

その帽子やランドセルには楓陽館《ふうようかん》の象徴《しょうちょう》である楓《かえで》を象《かたど》ったマークが付いている。

なんでも、この学校の校舎《こうしゃ》は明治時代に造《つく》られたもので、造ったのは伯爵《はくしゃく》だったというのだから、すごい。何もかもが公立の銀杏《いちょう》が丘《おか》第一小学校とは違《ちが》う。

「あ、そっか。加藤《かとう》先生って、ここの出身なんだよね？」

瑠香《るか》が言う。

「そうだね。まぁ、ここで小中高と育ってたら、公立の生徒とはずいぶん雰囲気《ふんいき》違うだろうなぁ。でも、悪いけど、ここの制服は着たくないぜ」

小林《こばやし》が苦笑する。

「オレもー！」

「オレもオレも！」

元《げん》と大木《おおき》が大いに賛同《さんどう》する。

瑠香《るか》は大笑い。

「そりゃ、元《げん》くんと大木《おおき》くんはまったく似合《にあ》わないと思うけどさ、でも、小林《こばやし》くんならバッチリじゃない？」

「ちぇ、なんだよ、その言い方は！」

元《げん》がふくれっつらで言うと、瑠香《るか》はさらに神経《しんけい》を逆《さか》なでする。

「だってぇ、元《げん》くんたち着たら、まるでコスプレだよ。それに、どうせ着たくないんでしょ？　ならいいじゃん！」

い、いや、それはそうだが、自分で着たくないのと、まったく似合わないと言われるのとでは話が違《ちが》うじゃないか。

だが、これ以上制服《せいふく》のことでいろいろ言いたくなかった。きっとまた墓穴《ぼけつ》を掘《ほ》るのは確実《かくじつ》だ。

それに、低学年の子たちがおそろいの制服を着ているのはなかなかかわいい。

「あ、こっちから下に行けるよ！」

瑠香《るか》が指さす。

そこにはちゃんと石の階段《かいだん》があり、咲間川《さくまがわ》にあったあんな危《あぶ》なっかしいハシゴなんて使わなくても、川の脇《わき》の側道に下りて行かれるようになっていた。

側道も咲間川《さくまがわ》より広く、歩いていても怖《こわ》くはない。

川幅《かわはば》は十メートルくらいで、思ったより川の流れは速い。

「昨日《きのう》、雨降《ふ》ったからきっと増水《ぞうすい》してんだな」

小林《こばやし》はそう言って、川のなかを見た。

元《げん》たちも見る。

川底はコンクリートでできていて、緑の藻《も》のようなものが付いていた。水の流れを受け、皆《みな》同じ方向にそよいでいる。

平日だというのに、麦わら帽子《ぼうし》をかぶったおじさんがのんびりと釣《つ》りをしていた。

「おなか、すいたなぁ」

大木《おおき》が指をくわえて、背伸《せの》びしておじさんのほうを見た。

釣《つ》りをしている、魚、料理……という連想なんだろう。

興味《きょうみ》はあるが、大木《おおき》も元《げん》も、おじさんに聞くのが恥《は》ずかしくって言いだせないでいた。

すると、そんなふたりを見ていた瑠香《るか》がおじさんのほうへずんずん歩いていった。

「何、釣ってるのかな？　よし、そういうのは聞いたほうがいいよね。調査《ちょうさ》なんだもん！」

すごい！

ふたりは瑠香《るか》のことを頼《たの》もしく思ったが、同時にそんなふうに思った自分たちを情《なさ》けなく思った。

そういう時はだいたい心にもなく意地悪なことを口走ることになる。

この時のふたりも例外ではない。

「ちぇ、すげぇな。神経《しんけい》が図太いって言うかなんて言うか」

と、元《げん》が言えば大木《おおき》も苦笑い。

「おばちゃんって感じだな」

もちろん、ふたりはボソボソした声で、決して瑠香《るか》には届《とど》かないようにと細心の注意をしたはずだ。なのに、悪事は必ずばれる。

運悪くその声が瑠香《るか》の耳に届いてしまった！

釣《つ》りをしているおじさんのほうに向かっていた彼女《かのじょ》はピタッと足を止め、クルッと振《ふ》り返った。

ギロッとふたりをにらむ。

「ひ、ひぇっ！」

「あ、あ、あはは……」

蛇《へび》ににらまれたカエルとはこのことだ。

ふたり、身を寄《よ》せ合い、いやぁな汗《あせ》をかいた。

だが、瑠香《るか》は特大の「フンッ！」を言い、ツインテールをゆらして、またおじさんのほうを向いた。

「あのー、すみません！」

「ん？　なんだい？」

おじさんは麦わら帽子《ぼうし》をちょっとだけ上げ、瑠香《るか》を見た。

「こんにちは。わたしたち、銀杏《いちょう》が丘《おか》小学校の五年生なんですが、今、銀杏《いちょう》が丘《おか》のことを調べて回っているんです。そのレポートを発表することになってて」

「ほうほう！　感心だなぁ」

「それで、質問《しつもん》なんですが……ここで何が釣《つ》れるんですか？」

なんとよどみのない完璧《かんぺき》な質問なんだろう。

元《げん》か大木《おおき》なら、きっとシドロモドロで、何度も聞き返されただろうに。

「ああ、オイカワとかウグイ、アユも釣れるよ。今日《きょう》釣れたのはオイカワだ」

「オイカワですか？」

「そうそう。ほれ、そこに一匹《ぴき》だけ入ってるから見てみな。ま、たいして大きくはないけどな」

おじさんは川の流れに浸《ひた》した青い網《あみ》をあごで示《しめ》した。

そのなかにオイカワという魚が入ってるらしいのだが……そこは、それ、さすがは女の子。ちょっと怖《こわ》いらしく、助けを求めるように元《げん》と大木《おおき》を振《ふ》り返って見た。

「ん？　なになに？」

ここでようやく出番である。

小林《こばやし》と夢羽《むう》もやってきて、網《あみ》のなかをみんなでのぞいた。

そこにはついさっきまで自由を満喫《まんきつ》していたであろう小さな灰色《はいいろ》の魚が入っていた。

薄《うす》い模様《もよう》がある。

川の水に浸《つ》かっているのでまだ十分に元気だ。

「いちおう、写真撮《と》っておいたほうがいいんじゃない？　おじさん、いいですよね？」

と、ちょっと離《はな》れたところから聞いたのは瑠香《るか》である。

もちろん、おじさんも了解《りょうかい》してくれ、大木《おおき》が「わかった！」とデジカメを取りだした。

魚の写真を撮った後、川の写真も撮った。

「じゃ、そろそろ上流に行こう！」

小林《こばやし》に言われ、みんなで川沿《かわぞ》いを歩き、川をさかのぼっていくことになった。

3

川はだんだんと幅《はば》が狭《せま》くなっていき、流れもさらに速くなってきた。

川面《かわも》がキラキラと光っている。

「あ、子供《こども》の頃《ころ》、こういうのやらなかった？」

側道の脇《わき》にあった笹《ささ》の葉っぱを一枚《まい》ちぎり、元《げん》は笹舟《ささぶね》を作った。

でも、うまくいかない。

「あ、あれえ？　どうやって作るんだっけな」

首をかしげる。

もう亡《な》くなってしまったが、母の父、つまり元《げん》の祖父《そふ》がよくこういうものの作り方を教えてくれたのだが。

すると、小林《こばやし》が細長い指でササッと作った。

「ほら、こうするんだよ」

「へぇー！　なんでも器用ねぇ」

と、瑠香《るか》が感心する。

「それに引きかえ、元《げん》くんってちっちゃい時からほんと手のかかる子だったんだよね。保育園《ほいくえん》では、いっつもわたしが世話してあげてたんだもんね。感謝《かんしゃ》しなさいよ！」

なんでそういうことになるんだ⁉

ムスッとしながらも、反論《はんろん》はできない。

実はその通りだったらしいからだ。

もちろん、たいして覚えちゃいないが、よく母親からからかわれる。

「元《げん》、あんたはすぐビービー泣いて、そのたびに瑠香《るか》ちゃんがタオルで拭《ふ》いてくれたのよ！　感謝《かんしゃ》しなさいよ‼」

とかなんとか。

ううう、できれば誰《だれ》も知らないところで暮《く》らしたい……。

そんなことを切実に思いながら、笹舟《ささぶね》をもう一度作ってみた。

今度はうまくいった！

「よし、競争だ！」

「いいねいいね‼」

みんなで作った笹舟《ささぶね》を川に浮《う》かべようとした時だ。

「元《げん》……」

急に声をかけられ、びっくりした。

見れば、夢羽《むう》が困《こま》ったような顔で首をかしげている。

その……まるでこの世のものとも思えないほどのかわいらしさ。

元《げん》はドキドキして、思わず咳《せ》きこんでしまった。

「げほ、げほ……な、な、なに？」

「笹舟ってどうやって作るんだ？」

「あ、あぁ、なんだ……えーっとね」

きっと夢羽《むう》のことだ。笹舟なんて作ったことがないんだろう。

細長い葉っぱを折ったり切れ目を入れたりするのを興味《きょうみ》しんしんという目で見ている。

しかし、作り方を小林《こばやし》にではなく、自分に聞いてくれたのが元《げん》はうれしくてしかたなかった。だから、ついつい顔がにやついてしまう。

とはいえ、笹舟《ささぶね》の作り方を教えながらニヤニヤするのは、どうにも変だ。

だから、必死にむずかしい顔を作っていたのだが。

「できた！」

うれしそうな顔で夢羽《むう》が小さな笹舟を元《げん》に見せた。

あぁ……もうだめだ。

この天使の笑顔《えがお》ににやつかない男、いや、人間はいないに決まってる。

「夢羽《むう》ー！　早くー‼　できたのー？」

瑠香《るか》が少し上流に行ったほうで手を振《ふ》った。

「ああ、できた」

元《げん》とふたり、夢羽《むう》が歩きだした時だった。

「あ、あれぇ？」

流れていった笹舟を拾いに行っていた大木《おおき》が大きな声をあげた。

「ん？　どうした⁇」

「……⁇」

ふたりで振《ふ》り返る。

大木《おおき》は下流のほうで何かを川から拾い上げ、それを持って走ってきた。

「これって、アレじゃないか？」

大木《おおき》が持っていたのは汚《きたな》く変色した小さなガラス瓶《びん》だった。

それだけなら別になんてことはないのだが……。

瓶のなかに、何やらメモのようなものが入っていたのだ。

「メッセージボトル⁉」

と、聞いた元《げん》。あまりの興奮《こうふん》で、声がひっくり返ってしまった。

4

「どうかしたのか？」

「なになに？　なに、拾ったの？」

小林《こばやし》と瑠香《るか》も走ってやってくる。

そのガラス瓶《びん》は、コケのような藻《も》のようなものがこびりついて変色していた。

瓶の口には、何かビニールのようなものをギュウギュウに詰《つ》めこんであったので、なかには水は入っていない。

「貸《か》して」

夢羽《むう》に言われ、大木《おおき》は瓶を彼女《かのじょ》に渡《わた》した。

いつのまにか夢羽《むう》はピッタリしたビニールの手袋《てぶくろ》をしていて、例のシステム手帳から細長い金属《きんぞく》のピンセットを出した。

そして、慎重《しんちょう》な顔つきで、瓶の口の部分にピンセットをつっこみ、詰め物を取りだし、次になかにあるメモらしき紙もつまみだした。

なんだろう!?

何が書いてあるのか?

否《いや》が応《おう》でも期待が高まってくる。

これは誰《だれ》がどう見たって「メッセージボトル」である。

「メッセージボトル」というのは、こういう空き瓶みたいなものにメッセージを書いた

紙を入れ、誰《だれ》でもいい、拾ってくれ！　という期待をこめて流すものだ。

でも、川というのは珍《めずら》しい。

だいたい船が難破《なんぱ》し、漂流《ひょうりゅう》した後、無人島などにたどり着く。そこから、なんとか故《こ》郷《きょう》に帰りたい！　という思いをこめて「わたしはどこそこの誰です。船が難破し、無人島にひとり流れ着きました。これを見た人はどこそこの誰に伝えてください。わたしが生きていることを。そして、助けに来てくれるように言ってください！　お願いします‼」といったメッセージを書く……というのが冒険《ぼうけん》小説の定番だ。

そう。

「メッセージボトル」なんてものは、冒険小説やゲームのなかの産物であり、こんな日《にち》常《じょう》生活に登場することはほとんどない。

だからこそ、元《げん》たちはたちまちのうちに興奮状態《こうふんじょうたい》。

日頃《ひごろ》、冷静な夢《む》羽《う》も少しだけうれしそうに見える。

彼女《かのじょ》がピンセットでつまみだしたメモは小さく畳《たた》まれていた。

それを用心深く広げていく。

シワだらけだったが、そこに文章が書かれているのがわかった。

鉛筆《えんぴつ》書きだ！


「つまらない。

つまらない。

つまらない。

つまらない……」


ただひたすら、「つまらない」とびっしり書いてあった。

「げげ、なんだ、これ」

元《げん》が顔をしかめると、大木《おおき》も肩《かた》をすくめた。

「なんか気持ち悪いな」

「しかし、誰《だれ》が書いたんだろうなぁ」

小林《こばやし》が言うと、瑠香《るか》もうなずいた。

「これだけじゃ、何がなんだかわからないし、誰《だれ》が書いたかもわからないよね。他《ほか》にもないのかなぁ?? ねぇ、大木《おおき》くん、これあったのどこ?」

瑠香《るか》に聞かれ、大木《おおき》は川の下流を指さした。

「あそこ、水たまりになってるとこに引っかかってた」

みんなでさっそく行ってみる。

そこは水たまりというより、小さな窪《くぼ》みがあって、ゴミや草が引っかかっていた。

さっき小林《こばやし》たちが流した笹舟《ささぶね》もいくつか引っかかったままになっている。

「ないなぁ」

瑠香《るか》がつぶやいた。

たしかに、他にはメッセージボトルらしきものはない。

「残念だなぁ!」

「ほんとだね」

などと言いつつ、元《げん》と大木《おおき》はまだ未練たらしく、あちこちを見ている。

すると、夢羽《むう》が上流のほうを見て言った。

「昨日《きのう》、雨が降《ふ》ったんだよな？」

「あ、ああ、そうだよ」

小林《こばやし》が答えると、夢羽《むう》は上流のほうへ歩き始めた。

「メッセージボトルは他《ほか》にもあると思う。あんな内容《ないよう》だけ書いて流したというのは考えにくいからね」

「まぁ、そうだよな。普通《ふつう》、考えて」

「なぜこのメッセージボトルだけがあそこに引っかかっていたかというと……きっと昨日の大雨で、川がずいぶん増水《ぞうすい》したんだろう。もちろん、今までも増水は何度もしているだろうから、どこかに流れている可能性《かのうせい》もある。でも、もしかすると、ここのように引っかかってるかもしれない」

「でも、いつ流したのかな？　ま、雨が降る前だろうけど」

瑠香《るか》が聞くと、夢羽《むう》が首を左右に振《ふ》った。

「いや、これはそうとう前に流したものだと思うよ」

「そう？」

「うん。だって、この瓶《びん》の状態《じょうたい》を見ればね」

「そっかぁ……そう言われてみれば、そうだね」

「うん。それに、この紙だけど」

夢羽《むう》はシワだらけの黄ばんだ紙を広げ、日に透《す》かして見た。

「ええ？」

みんな頭を寄《よ》せて、紙を見る。

うすい青い春の空から、穏《おだ》やかなお日様がさんさんと照っていてまぶしい。

「ほら、ここに……」

夢羽《むう》が指さしたところに、マークのようなものがあった。

「これ、さっきの私立《しりつ》小学校の生徒たちがかぶっていた帽子《ぼうし》やランドセルに付いてたマークと同じだ」

「あ‼」

「ということは、これ、楓陽館《ふうようかん》の生徒が書いたんだ⁉」

「たぶん。こんなものは外部の人間にはなかなか手に入らないだろうし」

「でも、すごいなぁ。こんな専用《せんよう》の便せんがあるなんて」

小林《こばやし》が大いに感心した時、瑠香《るか》が「あっ！」と声をあげた。

ちょうど川沿《かわぞ》いの道をふたりの楓陽館《ふうようかん》の生徒が歩いてきたからだ。

「ねぇ、あの子たちに聞いてみようよ。この便せん、持ってるかどうか」

すると、夢羽《むう》はうなずいた。

「いいね」

5

ふわふわしたうす茶色《ちゃいろ》の髪《かみ》、白くて整った顔、黒縁《くろぶち》の眼鏡《めがね》、ひょろっと高い背《せ》、長い手足。生徒のひとりはハーフっぽい顔立ちの超《ちょう》美少年だった。

こういう子が楓陽館《ふうようかん》の制服《せいふく》を着ていると、まるで少女漫画《まんが》から抜《ぬ》け出したように見える。

みんなドキッとした後、どっかで会ったことがあるなぁと思った。

もうひとりはごく普通《ふつう》の小学生。たぶん、元《げん》たちと同じ五年生か四年生か。背《せ》も低く、くるくるっとした目がかわいいショートカットの女の子だ。

「はい。なんですか？」

少年のほうがニコッと笑いかけた。

女の子は隣《となり》で、まん丸な目をして、元《げん》たちを見ている。

「すみません。この便せんなんですが……ここにその帽子《ぼうし》と同じデザインのマークが透《す》かし模様《もよう》で入ってるんです。この便せん、今でもありますか？」

と、今見つけたメッセージの書かれた紙を夢羽《むう》が少年のほうに渡《わた》した。

彼《かれ》は紙を受け取ると、さっきの元《げん》たちと同じように日に透《す》かして見た。

「たしかにこれは楓陽館《ふうようかん》のマークですね。でも、こんな便せんは知りませんね。未来《みく》くんは知ってますか？」

「え？　ううん、知りませんけど」

元《げん》も瑠香《るか》も大木《おおき》も小林《こばやし》も、夢羽《むう》以外はみんな驚《おどろ》いた。

楓陽館《ふうようかん》って、友達《ともだち》同士なのにこんなていねいな言葉遣《づか》いしてるのか？

しかし、実はそうではなく、ていねいな言葉遣いをするのはこの少年で、女の子のほうはそれに調子を合わせているだけなのだが、そんなこと、元《げん》たちにわかるわけもない。

さすがは名門私立《しりつ》小学校だ！　と、ビビッた。

「もしかして、以前はこういうものも、あったのかもしれませんね。今はないけど。いつ頃《ごろ》までそれが使われていたかがわかれば、そのメッセージボトルが流された年代も、ある程度《ていど》特定できるかもしれませんよ」

と、その美少年がさらりと言い……。

メッセージボトルなんて一言も言ってないのに、なんでわかったのか⁉

元《げん》たちはあまりに驚いたので、アグアグと何も言えなくなってしまった。目をぱちくりし、少年と女の子、そして夢羽《むう》を順番に見たりした。

夢羽《むう》はにっこり笑った。

「そっか。この紙、そして、この瓶《びん》。わたしたちは川のほうからやってきたわけで。わかって当然といえば当然だな」

紙と瓶を持っている夢羽《むう》たちが川のほうからやってきたということから、この少年はこの瓶がメッセージボトルだと推理《すいり》したようだ。

い、いや、それにしても、この美少年、ただ者ではない！

そんな雰囲気《ふんいき》がビシビシする。

「もし、よかったら……その便せん貸《か》していただけませんか？　調べてきますけど」

「そうですか。じゃあ、お願いしようかな。わたしは茜崎夢羽《あかねざきむう》。連絡《れんらく》は……」

と、言いかけた時、瑠香《るか》が手をあげた。

「わたしの携帯《けいたい》にメールか電話ちょうだい！　わたしは江口瑠香《えぐちるか》よ！」

ハンサムに弱い瑠香《るか》は目がハートマークだ。

その瑠香《るか》のことをちょっと心配そうに見ているのが、美少年の隣《となり》にいた女の子である。

きっと美少年のことが好きなんだろう。

少年はカバンからメモ帳とシャーペンを取りだした。

「ぼくは渋沢拓斗《しぶさわたくと》といいます。じゃあ、アドレスと電話番号を教えてください」

その『タクト』という響《ひび》きに、元《げん》はあれ？　と思った。

やっぱり聞き覚えがある。

すると、瑠香《るか》があっさりその理由を言った。

「わかったー！　なんか聞いた気がしたんだ。あなた、楓町《かえでまち》の名探偵《めいたんてい》でしょ⁉」

「ええ⁇」

拓斗《たくと》は困《こま》ったような顔で頭をかいた。

すると、横にいた女の子が顔をまっ赤《か》にして言った。

「そうです！　拓斗《たくと》さんは楓町《かえでまち》の……いえ、日本一の小学生探偵です！」

それには本格的《ほんかくてき》に拓斗《たくと》も困り果てた顔で、「み、未来《みく》くん！」と、言いかけた。

しかし、それより前に瑠香《るか》が眉《まゆ》をつり上げて言った。

「ちょっと待って。それは聞き捨《ず》てならないなぁ。あのね、そちら、楓町《かえでまち》で一番かもしれないけど、日本一の小学生探偵はここにいる夢羽《むう》だから！」

突如《とつじょ》、ふたりの女の子が目から火花を散らし、反目し合った。

でも、当の本人たちはちっとも興味《きょうみ》がないらしい。

そんなことより、他《ほか》にもメッセージボトルがあるんじゃないかと思い、これから探《さが》しに行くところだと夢羽《むう》が言い、拓斗《たくと》もそれは絶対《ぜったい》に面白《おもしろ》いし、きっとあると思うと賛成《さんせい》したりして、意気投合していた。

そのようすを間近《まぢか》で見ていて、心中穏《おだ》やかでないのは元《げん》だ。

なんだ、なんだ。

小林《こばやし》なんかより、ずっと美少年で頭良さそうじゃないか！

くそおぉ。

「おい、小林《こばやし》、何ぼさっとしてんだよ！」

元《げん》は思わず小林《こばやし》に当たってしまった。

「え⁇」

当然、小林《こばやし》は目をぱちくりするだけ。

そりゃそうだ！

元《げん》は即座《そくざ》に首を振《ふ》った。

「ごめんごめん、なんでもないよ！」

首をかしげる小林《こばやし》。

なんとも居心地《いごこち》の悪い気分でいっぱいになる。

ただひとり、元《げん》の気持ちをわかってくれてるのか、それともただの偶然《ぐうぜん》なのか。

「元《げん》、ドンマイ！」

大木《おおき》がにっこり笑って、元《げん》の肩《かた》をポンとたたいた。

6

「あああ‼　あった、あった。あれ、そうじゃないか？」

連絡先《れんらくさき》の交換《こうかん》をし、拓斗《たくと》たちと別れた後、元《げん》たちは川のところにもどり、上流のほうを探《さが》して回ったのだが。

さっきの失言で落ちこんでしまった元《げん》がぼんやり川を見ていた時だ。

向こう岸の窪《くぼ》みのところに、ピカピカと日光を反射《はんしゃ》しているものが見えた。

ん？　なんだろう？……と、目をこらしてみて、それがプカプカと浮《う》いてるガラス瓶《びん》だとわかった。

やはり夢羽《むう》の推理《すいり》通り、瓶はひとつではなかったのだ！

「すごい‼　瓶だよ、あれ」

「きゃあ！　うそうそうそー」

「ひゅーひゅー！」

はやる気持ちを抑《おさ》えつつ、橋のところまで走り、向こう岸に回る。

その窪みには背《せ》の高い草も生えていて、向こう岸からではよくわからなかったが、なんと瓶が四つもあった！

みんな草に引っかかっていたのだが、そこは水鳥たちの住処《すみか》でもあったらしく、元《げん》気に水鳥たちが走ってやってくると、茶色い水鳥たちがガアガアと大あわてで出てきた。

きっと「何よ何よ⁉　何の騒《さわ》ぎ⁉」と言いたいんだろう。

川へチャポンチャポンとダイブ。水鳥たちは急いで遠ざかりつつ、こっちを非難《ひなん》するような目で見ている。

「気をつけてよ！」

と、瑠香《るか》。

大木《おおき》に体を支《ささ》えてもらい、元《げん》が手を伸《の》ばしてガラス瓶《びん》を取る。

そう。行ってみると、案外窪《くぼ》みは広く、足場から瓶の浮《う》いているところまでは結構《けっこう》遠かったのだ。

それでも、なんとか全部拾い集めた。

みんなの気持ちは最高潮《さいこうちょう》である！

瓶はみんな同じ形で、全部藻《も》や泥《どろ》でドロドロ。

夢羽《むう》はさっきと同じようにビニールの手《て》袋《ぶくろ》をし、それぞれの詰《つ》め物をピンセットで取り、メッセージをつまみだした。

さて、問題の中身なのだが……。

全部前のと同じ紙、同じような字。あきらかに、同一人物のものと思われた。

「先生なんかクソくらえだ。まるでなってない！　何の役にも立たない。親や校長の顔色ばかり見ている」

「友達《ともだち》なんかいらない。レベルの低いやつらといっしょにいたら、同レベルになってしまうのは明きらかだ」

「自分が間違《まちが》ってるとわかってても生徒に謝《あやま》れない先生なんか最低だ！」

「いじめをやるヤツはクソだ。いじめを見て見ぬふりをする先生はクソ以上だ」

なかのメッセージは以上だった。

皆《みな》、ため息。

「なんか……すごいな、これ」

元《げん》が言うと、大木《おおき》も隣《となり》でうなずいた。

「すごいストレスだったんだな、この人」

「って言うか、イジメ、受けてたんだね」

瑠《る》香《か》がポツンと言うと、「ま、そうだろうねぇ……」と、小《こ》林《ばやし》もうなずいた。

「これが楓陽館《ふうようかん》の生徒だったとして。あんな名門の私立校《しりつこう》でもイジメあるんだね」

「そりゃあるだろ。悲しいことだけど、こういうのに私立も公立もないよ。なんかそういう時期ってあるんだと思う」

などと話していると、急に夢《む》羽《う》が大木《おおき》をまっすぐ見た。

「ん、え？　何？」

どぎまぎした顔の大木《おおき》。

「理科のノート、持ってる？」

「え？　あ、ああ、あれならプー先生に貸《か》してあるよ」

「そっか。わかった。じゃあ、メッセージボトルのことはこれくらいにして、川の調査《ちょうさ》をやろうか」

夢羽《むう》に言われ、みんなあわててうなずいた。

でも、なんだかスッキリしない。

元《げん》は思った。

夢羽《むう》は何か隠《かく》してるんじゃないのか？

7

さて、川の調査を終え、学校にもどってみると、下駄箱《げたばこ》のところで、担任《たんにん》のプー先生と教育実習の加藤《かとう》が深刻《しんこく》な顔をして何事か話しているところに出くわした。

プー先生は大木《おおき》を見つけ、太短い手で呼《よ》び寄《よ》せた。

「さっきのノート、返すから、ちょっと来い」

「は、はい……」

みんなも心配だったから、ぞろぞろついていった。

加藤《かとう》は最高に不機嫌《ふきげん》そうな顔をしてプー先生の横に突《つ》っ立っている。

その顔つきからして、プー先生に叱《しか》られたこと、そして本人はあまり反省していないことなどが手に取るようにわかった。

「加藤《かとう》先生、何か言うことがあるだろう?」

理科のノートを大木《おおき》に返したプー先生が加藤《かとう》を見た。

すると、加藤《かとう》は露骨《ろこつ》にうんざりしたというようなため息をついた。

「ちょっと書きすぎたかもしれないけど、間違《まちが》ったことは書いてないですよ。この生徒は、ぼくが口を酸《す》っぱくして言ったことの何ひとつわかっていないし、ちゃんと書いておけって何度も言った公式も書いてない。馬鹿《ばか》にしてますよ!」

みるみる大木《おおき》の顔がまっ赤《か》になり、涙目《なみだめ》になってきた。

「それ、ちょっと言いすぎなんじゃないですか?」

瑠香《るか》が文句《もんく》を言ったが、加藤《かとう》はまったく無視《むし》した。

「小日向《こひなた》先生、あなたはそこを見ないで、生徒のご機嫌《きげん》取りばかりしている。ぼくにはそうとしか見えませんね。結局、それが生徒のためにならないこと、わからないんですか？

アメとムチと言いますが、小日向《こひなた》先生はアメばかりだ。だから、こういう甘《あま》ったれた生徒ばかりになるんですよ。

ま、ぼくはこういう公立で先生をするつもりなんかないんです。もっとやる気のある生徒たちの集まった意識《いしき》の高いキチンとした学校に行く予定なんで」

今度はプー先生がため息をつく番だ。

「君はちっともわかっていないなぁ。やる気のある生徒ばかりで、意識の高いキチンとした学校でしか教えられない先生になりたいのか？　それこそずいぶんと甘っちょろい考えだなぁ」

「…………!!」

カチンときた加藤《かとう》は顔をまっ赤にした。

まるで大人に叱《しか》られた子供《こども》のような顔だなぁと元《げん》は思った。
シーンとした下駄箱《げたばこ》の前。
夢羽《むう》の大きくはないが、不思議とよく通る声が心地《ここち》よく響《ひび》いた。

「つまらない。
つまらない。
つまらない。
つまらない……」

これにはみんな度肝《どぎも》を抜《ぬ》かれた。
いったいなんなんだ!?　と、プー先生も加藤《かとう》も夢羽《むう》の顔を穴《あな》があくほど見た。
でも、夢羽《むう》は涼《すず》しげな顔で続けた。

「先生なんかクソくらえだ。まるでなってない！　何の役にも立たない。親や校長の顔色ばかり見ている」

「友達《ともだち》なんかいらない。レベルの低いやつらといっしょにいたら、同レベルになってしまうのは明きらかだ」

「自分が間違《まちが》ってるとわかってても生徒に謝《あやま》れない先生なんか最低だ！」

「いじめをやるヤツはクソだ。いじめを見て見ぬふりをする先生はクソ以上だ」


全部、川で拾ったメッセージボトルの言葉である。

夢羽《むう》はまたビニール手袋《てぶくろ》をし、システム手帳にはさんでおいたさっきのメッセージ……シワだらけの黄ばんだ紙を全部で四枚《まい》、加藤《かとう》につきつけた。

「な、なんだよ？」

小柄《こがら》な加藤《かとう》は、やっぱり小柄な夢羽《むう》からつきつけられた紙を見たとたん、ギョッとした顔になり、顔面蒼白《そうはく》になった。

加藤《かとう》は紙を取ろうとしたが、夢羽《むう》はさっと引っこめた。

「加藤《かとう》先生、これ、書いたの、先生ですよね？」

「し、知らん！　知らない、こ、こ、こんなもの‼」

加藤《かとう》はブルブル震《ふる》えながら、小刻《こきざ》みに顔を左右に振《ふ》った。

これにはみんな驚《おどろ》いた。

「うそ！　このメッセージボトル、加藤《かとう》先生が流したの？」

瑠香《るか》が大声で聞いた。

「ち、違《ちが》う！　違うって言ってるだろ。なんで、そんなもの。何の証拠《しょうこ》があって
……！」

狼狽《ろうばい》する加藤《かとう》。

夢羽《むう》は大木《おおき》から理科のノートを借り、加藤《かとう》が赤字で書いた問題のページを開いて言った。

「まずこの書体です。ほら、見比《みくら》べてみるとそっくりなのがわかります。特に、この『の』や『ふ』、『ま』などが顕著《けんちょ》ですし、決定的なのが『明らか』を『明きらか』と、間違《まちが》えて送りがなを付けています。大木《おおき》のノートでも、メッセージでも。それから、この紙、楓陽館《ふうようかん》の透《す》かしが入ってますから、楓陽館《ふうようかん》の生徒が書いたものだというのもはっ

きりしています」

「そ、そんなもの！　誰《だれ》だって手に入れようと思えば手に入れられるだろう！　こ、購《こう》買部《ばいぶ》に売ってたんだから。生徒じゃなくたって買える！」

「そうなんですか？」

反対に夢羽《むう》が加藤《かとう》に質問《しつもん》し、彼《かれ》が返答に詰《つ》まった時だ。

場違《ばちが》いな音が鳴り響《ひび》いた。

それは今流行《はや》っているテレビドラマの主題歌だった。

「わわわ!!」

大あわてで、瑠香《るか》がポケットから携帯《けいたい》を取りだした。

「こら！　学校に携帯、持ってきちゃいかんって言ってあるだろう？」

プー先生が言うと、瑠香《るか》は、

「だって今日《きょう》は総合《そうごう》で外に出るから、万一の時を考えて持ってきてたんですー！」

と、言《い》い訳《わけ》しつつ、携帯のフタを開けて声をあげた。

「拓斗《たくと》くんだ!!」

そして、微妙《びみょう》な空気のなか、最高にご機嫌《きげん》な声で電話に出た。

「はいはい〜⁉　さっきはどうもですぅ！　……はい、はい……はい。あ、はい。そうですか〜！　わかりました。ええ、はい。またあとでかけますね！」

と、携帯《けいたい》を切り、みんなをぐるりと見た。

「なんだよ、さっさと言えよ！」

元《げん》が文句《もんく》を言うと、瑠香《るか》はペロッと舌《した》を出してみせた。

「えーとね。さっき並浪川《なみなみがみ》を調査《ちょうさ》してて、そのメッセージボトルを発見した時に知り合った楓陽館《ふうようかん》の生徒、その人から電話で……夢羽《むう》、やっぱりあの便せんって、今は売られてもいないし使われてもいないって。あれが使われてたのは、今からちょうど十年くらい前までだって」

「つまり……加藤《かとう》先生が十二歳頃《さいごろ》ということですね？　きっと学校からの帰り道、どこかの橋からメッセージボトルを流したんでしょう。学校の誰《だれ》かが拾えばいいと思ったのか、ただ単にストレスの発散のためなのか、それはわかりませんが」

夢羽《むう》に言われ、加藤《かとう》は顔をまっ赤《か》にした。

「だ、だ、だから言ってるだろ？　あんなもの、誰《だれ》だって買えるし使えるんだって！」

「わかりました。では、指紋《しもん》はどうですか？」

「し、指紋……⁉」

今度は青い顔で聞き返した。

「そうです。わたしはこの便せんを取りだす時も今も、こうしてビニールの手袋《てぶくろ》をしてピンセットを使っています。だから、わたしの指紋が付くことはありませんし、他《ほか》の誰にも触《さわ》らせていません。つまり、ここに付いているのはこのメッセージを書いた本人の指紋だけってことになります」

そこまで聞いた時、加藤《かとう》はがっくりとうなだれた。

8

「イジメ、受けてたのか？」

プー先生に聞かれ、加藤《かとう》はボソッとした声で答えた。

「はい……」

「楓陽館《ふうようかん》でもイジメはあったってことだなぁ？」

「………」

「その時、先生は加藤《かとう》の味方になってくれなかったのか？」

「はい……」

「加藤《かとう》はなんで先生になろうと思ったんだ？」

「そ、それは……少しは役に立つ先生になりたかったんです。子供《こども》や親の顔色ばかりうかがってるような先生じゃなくて、ビシッとした力のある先生になりたかったんです
……」

プー先生は背《せ》の低い加藤《かとう》の肩《かた》をポンとたたいた。

「そうかそうか。あのな。この世の中には、誰《だれ》にでもひとり、その人だけの素晴《すば》らしい教師《きょうし》がついてるんだ。知ってるか？」

「え??」

加藤《かとう》が顔を上げると、プー先生は笑いながら言った。

「『反面教師《はんめんきょうし》』っていう教師でなぁ。嫌《いや》なことされた時は、自分はそういうことしない人になろうって思えばいいんだ。ほら、これでひとつ賢《かしこ》くなっただろう？　悪い手本みたいなもんだなぁ」

プー先生は元《げん》たちにもわかるよう、かみくだいて説明した。

「加藤《かとう》も過去《かこ》、力になってくれなかった先生を反面教師にしたんだな。うん、それはいい。いい心がけだ。これで、その先生も生きたわけだ。だけどな。人の心をつかむには、さっき加藤《かとう》自身が言ってただろ？　アメとムチが必要だって。アメばっかりじゃ甘《あま》ったれになってしまうだろうが、ムチばっかりじゃ誰《だれ》も寄《よ》りつかないぞ。人の心をちゃんとつかんで、相手に信頼《しんらい》されないとなぁ。その頃合《ころあ》いをそれぞれの生徒の状態《じょうたい》によって、使い分けていかなきゃいけない。それができる人こそ理想の先生だとオレは思う。まぁ、言うは易《やす》し、行うは難《かた》しなんだがなぁ」

うんうん……と、下を向いてうなずくばかりの加藤《かとう》だったが、何か思いついたんだろう。パッと顔を上げ、大木《おおき》の前に歩み寄った。

「大木《おおき》、オレが悪かった。いくらなんでも悪く書きすぎだったよ」

大木《おおき》はあわてまくって、首やら手やらを振《ふ》った。

「い、いや、オ、オレも……授業中《じゅぎょうちゅう》、もっとちゃんと聞いてれば良かったんで。書かなくちゃいけないのを書いてなかったりして、すみませんでした……」

元《げん》はあることに気づき、つい「あっ！」と言ってしまい、みんなの注目を集めてしまった。あわてて「な、何でもない、何でもない！」と手を振《ふ》る。

そうなのだ。

加藤《かとう》は、今、プー先生から言われた「反面教師《はんめんきょうし》」という言葉を実践《じっせん》したんだ。

メッセージボトルに入れたメッセージに「自分が間違《まちが》ってるとわかっても生徒に謝《あやま》れない先生なんか最低だ！」というのがあった。

だからだ。今、大木《おおき》にちゃんと謝ったのは。

元《げん》は、それがわかって胸《むね》が熱くなった。

すっごく嫌《いや》な先生だと思ったけど、フタを開けてみれば自分たちと変わらない。小さい頃《ころ》、イジメで悩《なや》んでたり、それを訴《うった》えることもできず、ああしてメッセージボトルを流すことでストレスを発散させたりして。

その時、リンゴーンリンゴーン……と、終業のチャイムが鳴った。

「おお、もうこんな時間だ。教室にもどろう。みんな、待ちくたびれているだろう。ほれ、帰りの学活。今日《きょう》は、加藤《かとう》、おまえに任《まか》せるから、ちゃんとまとめてみなさい」

プー先生に言われ、加藤《かとう》はうれしそうに「はいっ！」と返事をした。

その加藤《かとう》に夢羽《むう》が「あの……」と話しかけた。

「ん？　なんだ？」

「これ、返しておきます」

夢羽《むう》が渡《わた》したのは、メッセージボトルのなかにあった紙だった。

「もう一枚《まい》ありますが、それはまた後日返します。さっきは……なんか引っかけるようなことを言ってすみませんでした」

「引っかけ？」

「はい。指紋《しもん》のこと言いましたが、こんなに小さく畳《たた》んだ紙からは採取《さいしゅ》することは不可《ふか》能《のう》だと思います」

夢羽《むう》は説明すると、ぺこりと頭を下げた。

加藤《かとう》は驚《おどろ》いた顔でまじまじと夢羽《むう》を見ていたが、「まいったなぁ！」と苦笑しながら紙を受け取った。

そして、神妙《しんみょう》な顔つきで紙を畳《たた》み、背広《せびろ》のポケットに押《お》しこんだ。

「ありがとう。これは……まさに過去《かこ》の自分からのメッセージだな。大事にするよ」

その時、大あわてでバカ田《ダ》トリオが学校にもどってきた。

「お！　江口《えぐち》！　おまえらな、びっくりして泣くなよ！」

島田《しまだ》が瑠香《るか》を見つけて言った。

「並浪川《なみなみがわ》なんか目じゃねえぞ。写真、すっげえ撮《と》ったんだからな！」

と、次は山田《やまだ》だ。

「川の水も汲《く》んできたんだぞ！　ほら‼　いろんなところでとったんだぜ」

河田《かわだ》が水の入った小さな瓶《びん》をたくさん見せる。

「でも、それ、どの瓶の水がどこで採取《さいしゅ》したものか、わかるのか？」

加藤《かとう》に言われ、河田《かわだ》は目を丸くし、口もあんぐり開けた。

そういえば、シールも何も貼《は》っていない。あんなふうにいっしょくたに持ってしまっでは、どれがどこのものなのかわかるわけもない。

「あっちゃ――!!」

「ったくよぉぉ」

「とほほ……」

バカ田《ダ》トリオががっくりと膝《ひざ》をつき、大げさに肩《かた》を落とした。

もちろん、みんな大笑い。

開け放したドアから春風が吹《ふ》き抜《ぬ》け、笑い声を運んでいったのだった。

おわり

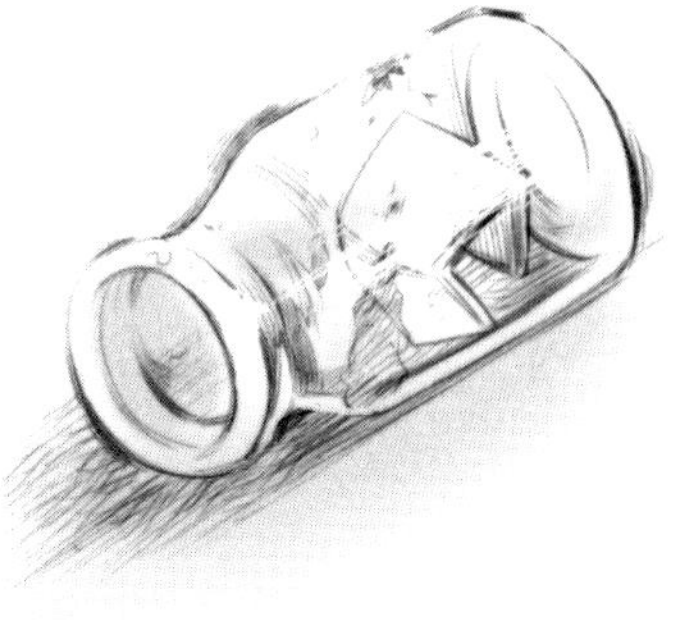

IQ《アイキュー》探偵《たんてい》ムー

キャラクターファイル

IQ《アイキュー》探偵《たんてい》ムー

キャラクターファイル

#22

名前《なまえ》………杉《すぎ》下《した》春《はる》江《え》

年《とし》…………40歳《さい》

職業《しょくぎょう》………専業《せんぎょう》主婦《しゅふ》(結婚前《けっこんまえ》は出版社《しゅっぱんしゃ》の編集者《へんしゅうしゃ》)

家族構成《かぞくこうせい》…夫《おっと》／英助《えいすけ》(出版社勤務《しゅっぱんしゃきんむ》)　長男《ちょうなん》／元《げん》(小学《しょうがく》5年生《ねんせい》)

長女《ちょうじょ》／亜紀《あき》(小学《しょうがく》2年生《ねんせい》)

外見《がいけん》………身長《しんちょう》163センチで、細身《ほそみ》。茶色《ちゃいろ》に染《そ》めたショートヘアがよく似合《にあ》う。

性格《せいかく》………思《おも》ったことはすぐ口《くち》に出《だ》し、実行《じっこう》するタイプ。くよくよしないで、さっぱりしている。空手《からて》の経験《けいけん》もあるほど活動的《かつどうてき》。

あとがき

こんにちは！

春のお話をふたつお届《とど》けしましたが、今、みなさんが読んでらっしゃる頃《ころ》は違《ちが》う季節かもしれませんね。

わたしが今、このあとがきを書いているのも春ですが、春は春でも、春まっただなか。目に青葉、山ほととぎす、初鰹《はつがつお》……という頃です。

このお話は早春の頃のお話ですけどね。

最近はね。温暖化《おんだんか》のせいなのか、異常気象《いじょうきしょう》続きで、日本も亜熱帯《あねったい》化していると言われています。でも、やっぱり日本の四季はいいもんです。

冬から春に移《うつ》っていく頃、毎年思います。

暖《あたた》かい日があったかと思えば、寒い日もあって。すごい突風《とっぷう》が吹《ふ》きまくったかと思えば、じんわり汗《あせ》をかくほどのムワッと蒸《む》した風が吹く日もある。

雨が降《ふ》ったり、カラッと晴れたり。

毎年のことなのに、「今日《きょう》は暖《あたた》かいですねぇ！」とか「今日はちょっと肌寒《はだざむ》いですねぇ」とか「まだまだ春は遠いですねぇ」とか言い合うわけです。

きっと江戸《えど》時代……いや、平安《へいあん》時代とかでも言ってます。

桜《さくら》が咲《さ》いたかどうかも、必ず話題に上ります。

あそこの桜はまだ三分咲きだけど、あっちはもう五分咲きだったとか。

この前、桜吹雪《ふぶき》のなかをジャイブ（この本を出している出版社《しゅっぱんしゃ》）の編集《へんしゅう》さんたちと小田原のほうへ小旅行したんですけどね。車窓《しゃそう》から見える景色《けしき》のあちこちにうすピンク色の桜の木を見つけました。

ほんとに桜が好きな国民なんだなぁって、改めて実感しましたよ。

桜だけでなく、四季の移《うつ》り変わりに敏感《びんかん》な国民なんでしょうね。


さて、そんな春のお話。

いかがでしたか？

最初の「春の暗号」では、初めて元《げん》くんのおばあちゃんちが出てきました。

昔はね、こういうおうちが多かったんです。今はね、特に都会では、庭があって、そこでガーデニングをしたり、縁側《えんがわ》からそれを眺《なが》めたり……なんていうことはとってもぜいたくなことです。

ぜいたくと言えば、わたしが仕事をするのに使っているダイニングテーブルは南向きの窓辺《まどべ》にありまして。近所の家の屋根が一望できます。まさに、いらかの波という感じ。屋根の上は、もちろん空です。

都会では、この「空」というのもぜいたくなんですよね。空が見えるぜいたくとでも言いましょうか。

窓からそよそよと吹《ふ》く春風、ぼんやりと霞《かす》む春の空。

……あー、だめだ。

だんだん眠《ねむ》くなってきた。

春はとにかく眠いです。

えーっと、何の話でしたっけ。あ、そうそう。元《げん》のおばあちゃんちの話でした。

わたしね。こういう家に住めたらいいなぁって思って、書きました。

わたしが住んでいるのは都心のマンションです。まぁ、静かな住宅街《じゅうたくがい》にあるマンションだし、お隣《となり》はすごい豪邸《ごうてい》なので、森のように茂《しげ》るお庭があって、それを見ることができるし、何も文句《もんく》はないんですが。

でも、やっぱり縁側《えんがわ》というのにあこがれます。

ここに座《すわ》って、庭を眺《なが》めながらスイカを食べるとかね。座布団《ざぶとん》を枕《まくら》に昼寝《ひるね》するとか。

そういうの、理想です。

また、二話目の「春のメッセージ」では、『ＩＱ探偵《たんてい》タクト』の拓斗《たくと》が登場しましたね！

実はすでに他《ほか》のお話でも登場しているんですけど、こんなふうに正式に（？）登場するのは初めてのことです。

なんと瑠香《るか》ちゃん、さっそく拓斗《たくと》と携帯《けいたい》のアドレス交換《こうかん》までしちゃいましたよ！

未来《みく》ちゃんがヤキモキしそうで面白いです。

今回はまだまだ顔見せ程度《ていど》なので、いつか本格的《ほんかくてき》にふたりで協力して事件《じけん》を解決《かいけつ》したり、対決したりしてほしいですね。

わたしは小学生の頃《ころ》から本を読むのが大好きで、特にシャーロック・ホームズやルパン、怪人《かいじん》四十面相なんて、推理《すいり》小説や冒険《ぼうけん》小説に夢中《むちゅう》でした。

一番好きだったのはホームズですけどね。そのホームズがルパンと対決するっていう話があって、もうそりゃドキドキしました。

肝心《かんじん》なお話のほうはまったく覚えていませんけどね。あはは。

わたしの娘《むすめ》は、わたしの娘にしては本を読みません。でも、きっとそのうち好きになってくれるだろうなぁって思ってましたが、先日、初めて図書委員になったそうですよ。

で、さっそく本を三冊《さつ》も借りてきました。

日本の民話集と世界の民話集、歌舞伎《かぶき》名作選集、この三冊です。

ずいぶんと渋《しぶ》い趣味《しゅみ》です。

でも、こうして少しずつでも読んでってくれればいいなぁって思います。

ムーを読んでくださってる皆《みな》さんは、きっと本が大好きなんでしょうね。

本は友達《ともだち》です。

がっかりしたこと、疲《つか》れること、悲しいこと、人生にはいろいろなことがあります。

どうにも気分が晴れないなぁって時にも本を読んでいる間だけは楽しい気分になれます。

本の向こう側の世界に、自分の本当の世界があるんだ、自分だけの世界があるんだっ
て信じてましたもんね。

だから、辛《つら》いことがあると、本を読んで、その世界に行き、癒《いや》されたり、落ち着きを
取りもどしたりしてました。

新しいことを教えてくれたり、いろんなものの見方を教えてくれたりする本ですけど、
いつだって味方になってくれるのも本です。

今、わたしが読んでいる本は四冊《さつ》もあります！

三島由紀夫《みしまゆきお》の本、遠藤周作《えんどうしゅうさく》の本、ファンタジー小説、時代小説です。

あれ？　推理《すいり》小説も他《ほか》に二冊読みかけじゃなかったっけ？

ありゃりゃ。

あっちこっち読まないで、ちゃんと一冊ずつきちんと読み終えなくては！

さてさて、では次もまたすぐに会いましょうね。
お元気で‼

深沢美潮

IQ探偵シリーズ⑯
IQ探偵ムー 春の暗号

2010年3月　初版発行
2016年12月　第6刷発行

著者　深沢美潮《ふかざわみしお》

発行人　長谷川 均

発行所　株式会社ポプラ社
〒160-8565 東京都新宿区大京町22-1
［編集］TEL:03-3357-2216
［営業］TEL:03-3357-2212
URL http://www.poplar.co.jp

イラスト　山田J太
装丁　荻窪裕司（bee's knees）
DTP　株式会社東海創芸
編集協力　鈴木裕子（アイナレイ）

印刷・製本　大日本印刷株式会社

ISBN978-4-591-11569-5 N.D.C.913 190p 18cm
Printed in Japan

読者の皆さまからのお便りをお待ちしております。
いただいたお便りは、編集部から著者へお渡しいたします。

本書は、2009年12月に刊行されたポプラカラフル文庫を改稿したものです。